ハーレクイン文庫

あなたの子と言えなくて

マーガレット・ウェイ

槙　由子 訳

HARLEQUIN
BUNKO

CLAIMING HIS CHILD

by Margaret Way

Published by Harlequin Japan, a Division of K.K. HarperCollins Japan, 2024

あなたの子と言えなくて

◆主要登場人物

スザンナ・ホワイト……………農園の運営者。
ニック・コンラッズ……………スザンナの元恋人。実業家。
マーカス・シェフィールド……スザンナの父。
シャーロット……………………スザンナとニックの娘。愛称チャーリー。
マーティン・ホワイト…………スザンナの亡き夫。
ヴァレリー・ホワイト…………マーティンの母。
ベベ・マーシャル………………ニックの秘書。
アドリエンヌ……………………ニックの女友達。

1

予感めいたものは特になかった。

高級不動産の専門誌『プレビュー』を手にべべが勢いこんでオフィスに入ってきたとき、いきなり天啓を得たかのように、ニック・コンラッズは何が起きたのかを悟った。

スザンナ、呪(のろ)われるがいい。再び僕の人生に登場しようというのだな。彼は心の内でつぶやいた。

「ニック、この中にきっと気に入る物件があると思うわ」カラーページを繰りながら、べべは満足そうに言った。

べべ・マーシャル、四十八歳。陽気で、仕事熱心で、驚くほど有能な秘書は、情報コンサルタント会社〈コンラッズ〉の創立メンバーでもある。四年前、ニックがエコス社から独立し、コンラッズ社を設立することになった折、体の不自由な母親を抱える彼女にとって、彼と行動を共にするのは冒険に等しかった。だが、幸いにも、後悔したことは一度もない。

ニックはすでに巨万の富を築き、ベベは、フルタイムで母親の世話をする介護サービスの費用を払いつつ、働かずとも暮らしていけるだけの経済的ゆとりを手にしていた。

彼らにかぎらず、ほとんどが三十五歳に満たないコンラッズの社員はみな優秀で、仕事への貢献と会社への忠誠に見合う報酬を得ている。コンラッズ社が頭角を現したのは、遺伝子分析とDNA検査に必要なプロセスを劇的に短縮するパソコン・プログラムの作成においてだった。現在は全社員が一丸となり、世界の医療研究に貢献しうる遺伝子学全般に及ぶデータベースの作成に取り組んでいる。骨の折れる仕事だが、医学だけでなく、訴訟や法律の分野にも恩恵をもたらす重要な仕事である。

それらは、いわばニックの知の果実だった。

「どうかしたの?」ベベはふと、彼のうつろな沈黙に気づいた。七時四十五分。彼女は残った仕事を片づけようと普段より早く出社したが、いつものように、ニックはすでに自分のパソコンに向かっていた。「少しは寝たの?」ベベは母親のような表情でニックの顔を見つめた。

「ベベ、僕は仕事をしにここへ来ているんだよ。それに、もともとあまり寝なくても平気なたちだ」そう言いながらも、ニックは立ちあがって肩をまわし、来るべき事態に備えた。

「天才たるゆえんね」ベベは嘆息し、首を横に振った。

ニック・コンラッズは驚異の存在だった。抜きん出た力で、優秀な部下たちを圧倒せずにはおかない。べべにとって、ニックと初めて出会った日は今なお祝福すべき記念日だ。大学を卒業したばかりの彼はすばらしく頭が切れ、エコス社のグロッツマンは彼をとことん利用した。しかしニックがそうした状況に甘んじていたのは、短い間だった。彼には成功の要素がすべてそろっていた。パソコンの才能、数学的知識、統率力、快活な人柄。人々は救世主のように彼をあがめる一方で、大いに友情をかきたてられた。

社員はみな、コンラッズ社で働けることを誇りに思っている。ニックは偉大なボスだった。重要な仕事には全員を起用する。輝かしい成功をねたむ者もいるが、彼はそれだけのことを成し遂げてきたのだ。

べべは手にした『プレビュー』誌に目をやった。ニックには安息できる場所が必要だ。友人を呼んでくつろいだ時を過ごせるような、美しく静かな場所が。繰り返し勧めたすえにニックが承諾したときには、べべは肩の荷が下りた気がした。

「それで、どんな物件があったんだい？」ニックはシドニーの街並みと港を見渡せる窓際へ歩いていった。彼はからかいぎみに尋ねたが、心と体ははるかな過去をさかのぼりつつあった。

ニックは十歳のころ、ニュー・サウス・ウェールズ北部の平和で豊かな町、アッシュベリーに移り住んだ。彼はドイツ人を父、チェコ人を母として、ウィーンで生まれた。ニックが五歳になったとき、一家はオーストラリアに移住し、新オーストラリア人と呼ばれた。

移住が政治亡命だったと知ったのは、ずっとあとになってからだった。彼らにとってオーストラリアは地球の裏側の国、地球上で唯一、悲惨な戦争を経験していない、政治的にも社会的にも安定した国だった。だが、父は当時から健康を害していた。

「けさはいったいどうしたの?」ベベは彼の気分を鋭く察知して尋ねた。「まるでうわの空ね」

「聞いているよ」ニックは振り返ってにっこり笑った。

ベベが見あげると、彼の黒い瞳には、痛みとも嘆きともつかないかげりが宿っていた。私が想像しているよりはるかに多くのことを、ニックは胸に隠しているんだわ。ベベは思った。

「そうね」彼女は笑みを返した。「目を通してもらいたい物件は三つよ。黄色の付箋を貼ってあるわ。ひとつはブルーマウンテンにある別荘。雄大で、庭がみごとなの。もうひとつはバリアリーフの屋敷つきのプライベート・アイランド。そして私がいちばん気に入っているのは……」

ベルモント・ファーム。ベベが口にするまでもなく、ニックにはわかった。まるで焼き印のように、心に刻まれた名前。彼は危うくその名を口にしかけ、首筋がひやりとした。

「四百エーカー、アッシュベリーから約三十キロ」何も知らないベベは紹介記事を読み続けた。「かつて馬場の運営と〝ベルモント・ファーム〟の銘柄で知られるワインで成功。

緩やかな起伏のある牧草地が広がり、敷地を横切るようにクリークが蛇行する。コロニアル様式の壮麗な屋敷があり、八つの寝室、五つのバスルームがある。敷地内にはほかに、スタッフルーム、厩舎、パドック、乗馬施設、テニスコート、プールなどがある。近くのアッシュベリー川は釣りに絶好、ですって。あなたみたいな精力的な男性にはうってつけだわ」

「君は僕の世話を焼きたくて仕方がないようだな」ニックは緊張が声に出ないように努めた。

「もちろんよ」べべは二度うなずいた。「あなたには本当にお世話になっているもの。母も私も、毎晩のお祈りにあなたの名前を含めているくらいよ」嘘ではない。母娘にとってニックは大の恩人だった。

彼は端整な顔に穏やかな笑みを浮かべた。「祈らないと天国へ行けそうにないからかい?」

「あなたの魅力には天使だってかなわないわ」

「ありがとう、べべ」デスクに戻りながら、ニックは秘書の肩を軽くたたいた。

いったいどうしたのかしら? べべはとまどった。ニックが動揺を見せるなんて。エネルギッシュで、気性の激しい人ではあるけれど、普段は決してそれを感じさせない。べべはちらりと彼を見やり、静かに戸口へ向かった。「モーガンソール教授の秘書から電話があったわ。教授は九時半に来るそうよ」

「戻ってくると思っていたよ。結局のところ、いちばん力になれるのは我が社だ」

「やっと気づいたんでしょうね。別荘の件はまた折を見て詳しく説明するわ。あなたはまだ若くて体力もあるけど、プレッシャーにさらされ続けていては体に毒よ。たまには休養をとらなくちゃ」

「わかったよ、ベベ。考えておく。約束するよ。それより、クリスとセーラが来たらここへよこしてくれないか。情報収集を強化しなければならない。大仕事になるぞ」

「そういうことなら任せてちょうだい」ベベは快活に請け合った。

ニックはさらに仕事を続けたが、十分後にはあきらめて『プレビュー』を引き寄せ、付箋のついている箇所を開いた。

ベルモント・ファーム。僕が愛し、憎んだ土地。哀れな動物が焼き印を押されたかのごとく、残酷な形で憎しみを刻まれた土地。

ベルモント・ファーム。植民地時代から代々シェフィールド家の人々が暮らしてきた土地。そして僕がやってきたときには、マーカス・シェフィールドと彼の美しいひとり娘が暮らしていた。

スザンナ。僕は永遠に君から自由になれないのか？ 彼女の名をつぶやいたとたん、ニックの胸の中に嵐（あらし）のような怒りと嘆きがよみがえった。

三つ編みをほどいた豊かな黒髪がハート形の顔にかかったスザンナ。まだほんの子供でニックより二歳年下だったにもかかわらず、初めて会ったときから彼女は特別な感じがした。美しい服を着て、見るからに大事に育てられた様子で、ニックは恐れにも似た感情をいだいた。大きく息をのむあまり、胸が痛くなったのを今も覚えている。彼がずっと黙っていることに腹を立てたスザンナは、彼に向かって百面相を始めた。そして彼をおかしな名前で呼び、やがて汚い言葉でからかいだした。マーカス・シェフィールドの娘としてプリンセスのように暮らしている彼女が、どこでそんな言葉を覚えたのかは謎だった。きっと乗馬に来た人たちよ、と言って母は苦笑した。スザンナのおどけぶりは強烈で、二人の子供は一夜にしてすばらしい友だちになった。

ほどなく、スザンナはニックの父から語学と数学の手ほどきを、母からはピアノのレッスンを受けるようになった。三年後、ニックの十三歳の誕生日に、父は病気で亡くなった。誰も彼もが不思議なほど陽気で豊かに暮らしているように見える異国の地で、母と子は二人きりになった。

それが悪夢の幕開けだった。

ニックはアルバイトを始めた。できることはなんでもやった。草刈り、厩舎の清掃、車磨き、庭の清掃、簡単な大工仕事。あのウィーンから来た少年はなんでもできる、大人顔負けの働きぶりだ、と人々は褒めそやした。学校でも天才ぶりを発揮し始め、やがて教師を追い越すまでになった。

父の死後も、スザンナは週二回、ピアノのレッスンを受けるためニックの家に通い続けた。母の指導で、少女の才能はみごとに花開いた。勉強のほうは、父に代わってニックが見るようになった。二人は同じハイスクールへ通った。愛する父と離れるのは耐えられないからと、スザンナはシドニーの寄宿学校へ行くのを拒んだのだった。

〝あなたともよ、ニック〟すみれ色の瞳を輝かせながら、彼女は言った。〝あなたと離れ離れになるなんて耐えられない。私とあなたは魂を分かち合った友よ〟

ニックも、スザンナを妹のようには思っていなかった。子供ながらに彼はずっと、彼女に対して特別な感情をいだいていた。とはいえ、その感情は無邪気で純粋なもので、彼の心をかき乱すことはなかった。そう、あの出来事の前までは。

それは、ニックがまもなく十六歳になるころ、彼の身長が百八十センチに届きかけたころだった。以来、二人を取り巻く状況はすっかり複雑になってしまった。スザンナの父が彼を温かい目で見守ることはなくなった。長い間、ニックはスザンナの騎士役に徹してきた。しかしそのころには、ニックは自分がもはやスザンナの友人としてふさわしくないと思われていることに気づいていた。

彼女にふさわしいのはマーティン・ホワイト。シェフィールド家と共に地域の中核グループを構成する一族の御曹司。金髪で青い瞳を持つマーティンは、ことあるごとにニックを外国人として差別し、敵対した。マーティンの敵意の根底にあるものがスザンナへの愛であることは、お互いによくわかっていた。スザンナは、十三歳にしてすでに多くの崇拝者たちに囲まれていた。彼女の美貌とあふれる活力、そして地域きっての有力者の娘という境遇に、誰もが魅せられた。

アッシュベリー川にあるリバー・ロードは、町の若者たちがこぞって泳ぎに出かける人気スポットだった。ガラスのように澄んだ川面に古い木立が枝を投げかけるその川岸へ、ニックとスザンナはしばしば二人きりで出かけた。二人が特にお気に入りの場所は、ジャカランダ・クロッシング。深いところがあって危険と言われていたのもかまわず、ニックとスザンナは魚となって水遊びに興じた。

ある日のこと。彼らはいつものように自転車で川沿いの埃っぽい小道を飛ばし、二人だけの翡翠色の淵へと急いだ。

「今日はなんて暑いのかしら！」

スザンナが自転車からいきなり飛び降りたので、ニックも慌てて自転車を止め、彼女の自転車と一緒に木の幹に立てかけた。

「ああ、早く水につかりたい」彼女はその場で制服を脱ぎだした。えび茶と白のチェック柄のエプロンスカートを手始めに、白いブラウス、ネクタイ、靴、ストッキング……。ついに彼女はネイビーブルーの水着姿になった。年齢のわりに背が高く、柳のようにしなやかな体つきだ。長い手脚が夏の日差しを浴びて金色に輝き、ふくらみ始めた小さな胸が、薄い生地を押しあげていた。

スザンナの奔放なふるまいはそのときが初めてではなかったが、ニックは突然、焼けた剣で下腹部を刺されたような衝撃を覚えた。

「何をぐずぐずしているの」スザンナは振り返って笑った。冷たい水の洗礼に対する期待で、瞳がきらきらと輝いている。

ニックは呆然と立っていた。返事をしようにも息を吸うのさえままならず、ひたすら彼女を見つめていた。

「ねえ、何をぼうっと見ているの？　ばかみたいに突っ立って」

体じゅうが彼女の美しさに魅せられてしまったというのに、ほかにどうすることができるだろう。女性に魅了されるという状態がどういうものなのか、ニックは生まれて初めて知った。しかし彼女はまだ十三歳。本当の意味での女性ではない。幼いバージン。ミスター・シェフィールドのお姫様。

ニックはようやく我に返り、自分も服を脱いでトランクスひとつになると、頭から飛びこんだ。水の冷たさがありがたかった。スザンナは火だ、とニックは思った。やけどを負いかねない。思春期だった当時でさえ、彼にははっきりとわかった。

だが、新たな発見は、すばらしい高揚感を伴った。スザンナと二人、いるかのように泳ぐ楽しさに、ニックは夢中になった。泳いだあと、二人は岸の砂地に上がった。濡れそぼった同じ色の髪が黒曜石のようにきらめく。

「ああ、気持ちよかった。これを求めていたのよ」スザンナはタオルで素早く体をふき、ニックに手渡した。

ニックは無言でタオルを受け取った。僕の人生は今後これまでとはがらりと変わる、と彼は思った。無邪気で甘いものから、緊迫感にあふれた危険なものへと変わるだろう。僕は恋に落ちたのだ。

「ニック？」その声には、いつも自信に満ちた彼女らしからぬ、不思議な響きがあった。

「もう二人きりでここへ来るのはやめよう」ニックは言った。

「どうして、ニック？　ここは私たち二人の場所なのに」スザンナは泣きそうな声で訴えた。「ほかの子となんか遊びたくないわ」

「君のお父さんは、僕たちがここへ来るのを快く思わないだろう」

スザンナは唐突に笑いだした。「それは確かね。父が知ったら、二人とも殺されちゃうわ」

「ということは、僕が何を言っているか、君もわかっているわけだ」

ニックが彼女を凝視すると、スザンナは物音ひとつたてず、まるで水の精のようにはかなげに立ちあがった。

「世界じゅうの誰といるよりあなたといるほうが私は安全だわ」青みがかった紫色の瞳に、不意に涙が光った。

「それはそうだ。僕は君を傷つけたりはしない。君はまだ子供だし」

「自分だって子供のくせに」スザンナは憤然として言い返した。

「いや、僕は、君やほかの友だちのように本当の意味で子供だったことは一度もない。そういう意味では、君たちはみんな同じさ」

「私は違うわ！」スザンナは怒りに頬を紅潮させた。

「だが君には僕の見えているものが見えていない。君が感じているものと僕が感じているものは違うんだよ」

「私はあなたを愛している。それくらい自分でもわかるわ」彼女はつややかな黒髪を払いのけた。「あなたは世界じゅうでいちばん大切なお友だちよ」

「まったく世話の焼ける子供だな。大丈夫、君の面倒は僕が見てあげるよ」ニックはぶっきらぼうに言い、顔をそむけた。しかし日光を浴びて金色に輝く背中の筋肉が黒豹のごとく波打ったことに、彼は気づかなかった。

その瞬間、スザンナは彼の素肌に手を触れるという過ちを犯してしまった。「ニック？」

「服はどうしたんだい？　さっさと着たらどうだ」下半身の反応に腹を立てつつ、彼は噛みついた。

「ニック、怒らないで」スザンナはすがるように言った。

「怒ってなんかいないさ。少なくとも君に怒っているわけじゃない。いいからさっさと服を着るんだ」彼はせかした。「こんなところをお父さんに見つかったら殺されちゃうと自分で言ったじゃないか」

「私、もうすぐ十四歳になるのよ」スザンナは素直に後ろを向き、服を着始めた。「あの悲劇のヒロイン、ジュリエットと同い年だわ」

「何をばかなこと言ってるんだ」穏やかに言おうとしたがうまくいかず、彼はそそくさと自分の服を取りに行った。ズボンをはいてジッパーを上げ、えび茶色のシャツに手を伸ばす。母に買ってもらったばかりなのに、もう窮屈だった。父の身長は百八十センチを超えていた。彼もいずれそうなるだろう。

「そんなに食ってかかることないでしょう」スザンナの声に再び怒気がにじんだ。「私はあなたの妹ではないのよ」

ニックは一瞬、彼女が泣きだすのではないかと思った。スザンナが泣く？　落馬したときでさえ泣いたことがないのに？

「怒らせるつもりはなかったんだ」ニックはなだめにかかった。

「でも怒りたくもなるわ。大人になるなんて大嫌い。どういうことなのかさっぱりわからない」

きのうまでの僕と同じだ。そう思ったとき、ニックはスザンナにキスをしていた。金色に輝く彼女の顔を両手で包み、彼は彼女の唇に自分の唇を重ねた。甘くさわやかなスザンナの味がした。

ニックが手を離すと、スザンナは彼の手首をつかんだ。繊細な薔薇色の唇が軽くとがり、何か言いかけた。けれども言葉が出てくる前に、二人の耳に若者のどなり声が響いた。

「こんなところでいったい何をしているんだ、コンラッズ？」マーティン・ホワイトだった。白いシャツにジーンズという格好で、金色の髪を燦然と輝かせて土手を下ってくる。体格はいいほうだが、ニックには及ばない。「いつも二人で来ているのか？」彼は嫉妬をむきだしにして詰め寄った。「スザンナ、ショックだよ。君のお父さんが知ったらどう思うか。君はこの男に身を任せるつもりなのかい？」

答える代わりに、スザンナは拳を突きだしてマーティンに殴りかかった。「彼はあなたなんかより十倍も立派よ」彼女は大声でまくしたてた。「ニックはこの町始まって以来の秀才よ。頭だけじゃない。高潔で勤勉だわ。彼のお父様も立派な方だった。お母様も美人で才能に満ちあふれ、すばらしいピアニストよ。あなたなんか無知で人の悪口を言うしか脳のない哀れな人間よ。六つになるまで字も読めなかったくせに。私なんか三つのときから読めたわ！」怒りのあまり、喉もととこめかみが震える。「お父様に告げ口なんかしてごらんなさい。あなたとは一生口をきかないから！」

その脅しを、マーティンは深く心にとどめたようだった。
それから何年かのち、マーティンはスザンナと結婚した。僕のスザンナと……。

2

私道に進入してきた車のヘッドライトが寝室を照らしたせいで、スザンナは目を覚ました。ベッドの隣は空だ。時計を見ると、午前二時三十五分だった。マーティンが帰ってきたのだろう。

私の人生はいったいどうなってしまったのかしら。スザンナはうつろな気分で思った。私は本気で努力した。けれども私たちの結婚には最初から不幸がつきまとっていた。嘘とののしり合いに満ち、二人とも癒しようのない深い傷を負った。マーティンを思いやる気持ちは今も残っているが、彼を愛したことは一度もない。そしてマーティンもそれを知っている。

ヘッドライトはいつものようにガレージのほうへは曲がらなかった。そういえばエンジン音もいつもと違う。車は広い車まわしをがたがたと走り、玄関ポーチの前で止まった。

スザンナは飛び起きた。恐ろしい予感がした。マーティンが深酒をあおるようになって久しい。まさか事故？　ローブを羽織り、スリッパをつっかけたスザンナは、両開きのドアを押し開いてバルコニーへ出た。

私道には警察の車がライトをつけたまま止まっている。

神様！　スザンナは慌てて踵（きびす）を返した。体が激しく震える。こんな時刻に警察の車が来るからには、何か問題が生じたに違いない。あるいは恐ろしい悲劇が。玄関を目指して駆けだしながら、彼女は娘のチャーリーが目を覚まさないよう、子供部屋のドアを閉めた。父は深い眠りの中だろう。軽い発作があって以来、父は薬を常用している。階段を下りきったところで、玄関のチャイムが鳴った。

「スザンナ、こんな時刻に申し訳ないが、入ってもかまわないかな？」警察署長のフランク・ハリスで、副署長のウィル・パウエルも一緒だった。

「どうしたの、フランク？」スザンナの声はかすれ、別人のように聞こえた。「マーティンがどうかしたの？」

スザンナが気づいたときには、三人とも居間にいて、フランクが彼女をかばうように支えていた。

「とても残念だよ」深みのある、苦悩に満ちた声だった。署長はスザンナを椅子に座らせた。「事故だったた。マーティンはリバー・ロードから外れて、木に激突したんだ」

「そんな、神様、嘘よ！」スザンナの全身から力が抜けた。なぜマーティンが？　運命はまたしても不幸な皮肉をもたらした。

「とても残念だよ」ハリスは繰り返した。

悪い知らせには続きがあった。マーティン・ホワイトはひとりではなかったのだ。助手席には女性が乗っていて、その女性も亡くなった。同じ町の出身のシンディ・カーリン。長いブロンドの髪を見てすぐに彼女とわかった。そう、ハリスは何もかも知っていた。子供のころからずっと。スザンナ、マーティン、シンディ、そしてあの移民の少年――町から追放されたニコラス・コンラッズ。追放はマーカス・シェフィールドの命令だった。

もう七年になるが、ハリスは今も思い出すたびにぞっとする。コンラッズはその後、ビジネスで大成功を収めた。スザンナは結婚する相手を間違えたのだ。マーカス・シェフィールド――かつての尊大な支配者は、財産のかなりの部分と健康を失った。そして今、彼が自ら選んだ婿――スザンナの夫であり、シャーロットの父親であるマーティンが死んだ。町のシンボルでもあるベルモント・ファームは、過去の栄光ゆえにいっそう悲しい場所と化してしまった。

葬儀に至るまでの出来事を、スザンナはほとんど覚えていなかった。当日、天からの涙はなく、マーティン・ホワイトは輝く日差しのもとに横たえられた。葬儀は彼とスザンナが結婚式を挙げた教会で行われ、家族や友人、大勢の知人が出席した。人々は数人ずつ寄り集まってはひそひそと言葉を交わした。前日に行われたシンディ・カーリンの葬儀とは実に対照的だった。シンディの両親は、今も町を牛耳っているマーティン・ホワイトとシェフィールド一族を声高に非難した。青年だったニック・コンラッズが町を出なければならなかった経緯も、再び引き合いに出され、さらに、はるか昔からのスキャンダルの数々が公にされた。

これはきっと夢に違いない。牧師の単調な声を聞きながら、スザンナは思った。隣に立つ父はすっかりやつれ、ハンサムでエネルギーに満ちていたかつての父の影のようだ。向かいにはマーティンの一族がずらりと並んでいる。スザンナ同様、内心の動揺を押し隠し、平静を装っていた。彼らの意向を尊重し、マーティンはホワイト家の墓に埋葬されることになった。

マーティンの母親や姉妹とはずっと仲よくやってきたが、今、彼女たちはスザンナのほうを見ようとはしない。マーティンが死んだのはあなたのせいよ。その言葉は胸の奥にしまいこまれ、決して口に出されることはない。共に地元の名家であるシェフィールド家とホワイト家は団結しなくてはならず、シンディ・カーリンの家族のようにスキャンダルをまき散らしたりはしなかった。

ニック・コンラッズは大勢の弔問客のいちばん端に立ち、黒いサングラスに守られながら、以前愛した女性をじっと見ていた。かくなる悲劇も彼女の美貌(びぼう)を奪えなかったらしい。つば広の黒い帽子と同じ色のスーツに白い肌が映え、木蓮(もくれん)の花を思わせる輝きを放っている。娘がひとりいるというのに、長い脚とほっそりした体つきは少女時代のままだ。

ニックの人生を踏みにじったスザンナの父マーカス・シェフィールドは、娘をかばうように傍らに立っていた。その風格は今も人目を引かずにおかないが、屈強な肉体と凛(りん)とした姿勢はもはや失われている。発作を起こしたことは、ニックも知っていた。事業に失敗し、かなりの財産を失ったことも知っていた。ベルモント・ファームは売りに出され、それを買い入れようとニックは手を尽くしている。マーカス・シェフィールドの屈辱の瞬間を見るために。だがニックは、マーティン・ホワイトがこれほど早く死を迎えるとは思ってもいなかった。いくらマーカスと共謀して自分を陥れた相手でも、こんな結末はニックの望むところではなかった。

彼が今日この場にいることは、かなりの危険をはらんでいた。成人して髪を切り、高価な服を身に着けていても、彼に気づく人々は決して少なくないだろう。だが、来ないではいられなかった。昨夜マーティン・ホワイトの訃報(ふほう)を聞いたとき、彼は胸に刺すような痛みを覚えた。自分と同じ三十歳そこそこの人間が残酷な形で命を奪われるというのは、何かとても不当な感じがした。スザンナはどんなに打ちひしがれているだろう。結婚生活が幸せでなかったことは知っていた。それでもニックは同情を禁じえなかった。

葬儀は終わりに近づいていた。そろそろ行かなければならない。ニックは計画をあきらめるつもりはなかった。休暇を過ごす訪問者としてではあっても、僕はこの町に凱旋(がいせん)するて。

のだ。ベルモント・ファーム——マーカス・シェフィールドの居城の、新たなる主（あるじ）とし

　ニックはメルセデスベンツを止めてある場所へ急いだ。誰にも気づかれなかったつもりだが、数学教師のジョック・クレイグが追いかけてきて、ニックの腕をつかんだ。

「ニック・コンラッズじゃないのか？　ニック、君なのかい？」その声には、驚きと共に明らかな敬意が感じられた。

　仕方がない。ニックはしぶしぶ振り返り、握手をした。「クレイグ先生、お元気ですか？」

「元気だよ、ニック。元気だとも」教師は探るように彼を見つめた。「むごいことだ。葬儀のために戻ってくるには、それなりの勇気が必要だっただろうね。君とマーティンはたいして親しくはなかったと記憶していたが」

「でも、スザンナは友だちでしたから」ニックは自分の言葉の意味するところに気づいていなかった。

「もちろん、そのとおりだ。彼女は相当苦しんでいるに違いない。かわいそうに。もうすぐここへ来る。シェフィールドも一緒だ。早く去ったほうがいいんじゃないのかね？　その、悪気があって言うわけではないけれど」

「わかっていいます」ニックは軽くうなずいた。「でも、今は別に彼に会ってもどうという

ことはありませんから」

「昔はいろいろあったな」

その昔、シェフィールドはニックが金庫から宝石を盗んだと主張し、実際、それらの宝石はコンラッズ家の納屋から出てきた。しかしクレイグは、ニックが盗みを犯したなどとは一瞬たりとも信じなかった。

「自分のしたことは本人がいちばんよく承知しているでしょう」

ニックの表情からは、怒りも憎しみもうかがえない。ジョック・クレイグは身震いした。目の前にいる自信に満ちた若者は、確かに今のシェフィールドが真っ向からぶつかって勝てる相手ではない。

ニックはその場に立ったまま、スザンナが近づいてくるのを待った。落ち着いているようだが、その実、体じゅうの血が凍りつくのを感じていた。一度は愛した女性。裏切られ、屈辱にまみれたあとでさえ、会いたくてたまらなかった。ほかの女性とつき合っていても、スザンナを失った痛みが癒えることはなかった。今も車にはアドリエンヌが待っており、ニックが少年時代を過ごした美しい田園を車で案内してから、海辺のレストランでランチを共にすることになっている。アドリエンヌを盾のように利用している自分に気づいて、ニックは良心の呵責を感じた。

アドリエンヌは美しい女性だった。彼より何歳か年上で、離婚経験があるものの、洗練され、魅力的で、機知に富んでいる。一緒にいて楽しく、つき合い始めてかれこれ一年がたとうとしている。しかし、彼女の友情を享受するばかりで、ニックのほうからは何も与えていなかった。

スザンナが近づいてきた。ニックの頭の中をいくつもの光景が駆け巡る。幼いころの愛くるしいスザンナ。思春期のころの心まどわすスザンナ。バージンに別れを告げ、僕の腕の中で泣いたスザンナ。恍惚（こうこつ）と疲労の中でごく自然にあふれ出た涙。決して記憶から消えることのない行為。彼の人生を破壊した行為。

立ち去るんだ。内なる声がニックに命じる。いいからこのまま立ち去るんだ。スザンナ・シェフィールド、いや、スザンナ・ホワイトは危険すぎる。おまえはまだ彼女を克服してはいない。

草地を歩くスザンナは、ニックの気持ちなど知る由もなかった。喪服の上にロングコートを羽織って前方にたたずんでいる男性は、よそよそしくて得体の知れない存在に見えた。どうして彼がここにいるの？

「ニック」彼のすぐ近くまで来ると、スザンナは毅然（きぜん）とした表情で、冷ややかに呼びかけた。

「スザンナ」ニックの声には今もわずかになまりが残っている。「心からお悔やみを申し上げるよ。とてもショックだったろうね」

「この傷は生涯消えないわ」スザンナは青みがかった紫色の目をそらした。「ここで何をしているの、ニック？　こんなところにいればもめごとを引き起こすだけだと承知しているでしょうに」

「それはつまり、君のお父さんが黙ってはいない、ということかい？」彼はにやりとした。

「今さらそんなまねはしないだろう」

「私たちがベルモント・ファームを出ていくことは聞いた？」

「いや」ニックは嘘をついた。

「不運続きだったのよ」

「売りに出したのかい？」

「まあ、あなたには話しても差しつかえないわね」スザンナは力なく肩をすくめた。「目下、交渉中よ。希望どおりとはいかないけれど」

「権力失墜か」ニックは言った。「こういう状況を考えれば、新しい所有者も君たち一家を慌てて追いだすようなまねはしないだろう」彼の口調には同情がこもっていた。

「マーティンのことは誰に聞いたの？」ニックの口もとに目をやったとたん、その味わいを実感できる気がして、スザンナはうろたえ、新たな嘆きに襲われた。

「誰だったかな」ニックはしらばっくれた。「まあ、ベルモント・ファームといえば由緒ある農場だからね。それにしても、君のお父さんは変わったたね。あんな状態で誰かと渡り合おうなんて、無茶というものだ」

「あんな状態って?」スザンナは問い返した。もしかしてニックは、私たちのことをすべて知っているのかしら?

「今しがたクレイグ先生と話していたんだ」ニックは、心臓発作のことはクレイグから聞いたふりをした。

スザンナは不安そうに振り返った。「ねえニック、そろそろ行ったほうがいいわ」

ニックが彼女の視線をたどると、マーカス・シェフィールドが決然とした足どりで傾斜した草地をのぼってくるところだった。当然ながら、体全体で怒りを表している。「どうやら手遅れらしい。君のお父さんは最後の対戦を決意しているようだよ」

かつて並んで立つと大男に見えたマーカス・シェフィールドは、今やニックより頭半分ほど低く、腰もやや曲がっていた。

「こんなところで何をしている、コンラッズ?」マーカスは声を荒らげた。「私の娘に近づくなと教わったんじゃなかったのか?」

「これはまたうれしいご挨拶(あいさつ)ですね」ニックは軽く会釈をし、皮肉たっぷりに答えた。「だが近づいてきたのは娘さんのほうです。あなたが悲しみにくれるのを邪魔する気はありませんよ」

「じゃあ、なぜここにいる?」マーカスは声を震わせながらニックをにらみつけた。

「マーティンとは一緒に育った仲ですからね。あなたの精神的苦痛をあおったりはしませんよ、ミスター・シェフィールド。また発作を起こすと大変だ」ニックはぞっとするような優越感を見せつけたあと、優雅な身ごなしでスザンナを見やった。「本当に気の毒だったね。マーティンがこんなに早く亡くなるとは、誰も思わなかっただろう」そう言って、彼は大股に車のほうへ遠ざかっていった。

「なぜあいつが再び我々の前に現れなければならんのだ？」マーカスはこらえきれない怒りを娘にぶつけた。「見たか？　あの傲慢な態度に、非難がましい目つき」初めてニック・コンラッズの力を目の当たりにした彼が、自らの敗北を悟った瞬間だった。

「お父様、興奮なさらないで」スザンナは静かになだめ、父親の腕を取った。「私たちが一緒に育った仲というのは本当よ。ニックは昔から情に厚いところがあったから、きっと本当にマーティンの死を悼んでいるのよ」

「ふん、あの二人はずっと犬猿の仲だった」マーカスは鼻で笑った。

「私のせいでね。それに、お父様にも責任はあるはずよ」スザンナがそのことを指摘するのはこれが初めてだった。

「すべてはおまえを守るためにやったことだ」マーカスは断言した。

スザンナは返す言葉がなかった。父の目からすれば、それは真実なのだろう。けれども、その真実は彼女の人生を粉々に砕いてしまった。父はいつも正しいと無条件に信じていたがために、ニックが汚名を着せられて町を去ったあと、彼女はマーティンと結婚式を挙げたのだ。

きっと私は一生悪魔につきまとわれるんだわ。記憶という悪魔に。

スザンナはニックの瞳に浮かんだ痛みと非難の色を思い出した。そして彼の母親の目に浮かんだ苦悩を。それから、勝ち誇ったように輝く父とマーティンの目。二人は勝者だった。父とマーティンは強引にスザンナを自分たちのもとに囲いこみ、ニックは悲しみにくれる母親を連れて町を出たのだ。

ニックが盗みをはたらいたなんて、どうして信じてしまったのだろう。彼は私のヒーローだった。優しく、親切で、救世主のような人だった。なのに、父やフランク・ハリスの言葉を信じてしまった。ニックが金庫から何かを盗むなんてありえない。私が外した真珠のアクセサリーをしまうところを見ていて、鍵(かぎ)の番号を覚えていたなんて。

スザンナの深い苦悩は、ずっと消えなかった。父と並んで車に向かって歩いているとき、ニックの車が走り去るのが見えた。助手席から、美しい女性がこちらをうかがっていた。明るい栗(くり)色のショートヘア、整った顔だち、デザイナー・ブランドのサングラス。瞬間的なことだったが、スザンナは女性が鼻を鳴らしたのに気づいた。鋭い視線はスザンナただひとりに向けられていた。

ニックの奥さん？　でも、彼が結婚したという話を聞いた覚えはない。スザンナの心に悲しみがじわりと広がった。私は人生のいちばん華やかな時期を台なしにしてしまった。強大な力と嘘に屈した当然の報いとして、ニックを失った。そして今、私はマーティンをも失った。彼がひたすら求めていた愛情を、私はどうしても与えることができなかった。私をベルモント・ファームにつなぎ止めておくものはもはやチャーリー——シャーロットだけ。すばらしい黒髪を持つ、瞳のほかは何もかも私にそっくりな娘。

　車の中で、アドリエンヌは嫉妬を悟られまいと必死の努力を払っていた。「あの人たちは誰なの、ニック？」彼女はサングラスを外し、はっとするような琥珀色の瞳を彼に向けた。

　ニック・コンラッズとの仲は、期待していた半分も進展していない。会えばいつも楽しかったし、ニックも彼女と過ごす時間を楽しんでいるふうではあった。しかし今のところ、二人の関係が結婚にまで至る気配はなかった。アドリエンヌは頭がどうかなりそうなほどニックを愛していた。ひと目ぼれだった。だが彼女は、自分が相手の男性に愛されていないことに気づかないほど愚かではない。それでも、個人的なレベルでも社会的なレベルでも、ニックとは本当に話が合った。友人と広告会社を共同経営しているアドリエンヌを、ニックは高く評価しているからだ。

　彼が言葉を交わしていたあの若い女性は何者かしら？　二人は一メートルほど離れて立

っていたのに、今しも体が触れそうなほどに引きつけ合っているように見えた。もちろん目の錯覚に違いないけれど。

　ニックはすぐには答えられなかった。アドリエンヌの目は嫉妬に満ちている。「幼なじみだよ。亡くなったマーティン・ホワイトは同級生で、その妻のスザンナとは友だちだった」

「スザンナ？　さっき話していた女性？」ニックの心の中に誰かが住んでいる、とアドリエンヌはいつも感じていた。

「そう、スザンナ・シェフィールド」

　アドリエンヌはその名をゆっくりとのみ下した。「シェフィールド？　たしかこのあたりに、その一族が運営してきた有名な農場がなかったかしら。名前が喉まで出かかっているんだけど……」

「ベルモント・ファーム」ニックは静かに告げた。

「そう、それよ。今売りに出されていると何かで読んだ気がするわ」

「そうだろうね」ニックは突き放したように言った。なんとなく、彼女には秘密を知られたくない。「よかったら農場をぐるりとまわろうか？　道路からでは屋敷は見えないんだ。正門から玄関まではとんでもない距離だし、屋敷はジャカランダの茂みに覆われているからね。花が咲くと、それはみごとな眺めだ」

「ずいぶんよく知っているのね」アドリエンヌはニックの横顔を鋭く見やった。

「隅々までね。週末にスザンナの父親がポロの試合で家を留守にするとき、彼女がよく案内してくれたから」

「つまり、父親がいるときはだめだったということ?」

「ご名答」ニックの声が不機嫌になる。「マーカス・シェフィールドは世界でいちばん高慢な男さ」

「母親は?」

「スザンナが四歳のときに家出したよ。ポロにおけるシェフィールドのライバルと南アメリカへ駆け落ちしたんだ。シェフィールドはひとり娘のスザンナを心底かわいがっていた。妻を決して許さず、娘が母親の名を口にするのも禁じていた」

「スザンナにしてみれば大変だったでしょうね」アドリエンヌの語調がややきつくなった。

そのとき初めて、ニックは彼女を振り返った。見透かしたような視線だった。「彼女には母親を恋しがっている暇などなかったよ。シェフィールドは娘を溺愛し、自分の目の届かないところには置かなかったからね。けれども、幼いスザンナには、父が娘の人生を支配しようとしていることを理解できるはずもなかった」

アドリエンヌはわけ知り顔に笑おうとしたが、うまくいかなかった。ニックとの仲はもう長くないかもしれない。彼女はふと不安に襲われた。感情を隠す技にかけて、ニックの右に出る者はない。けれども今、彼女はそれを充分に見た気がした。

ニックのもとに弁護士のギャリー・ヘッソンから電話が入った。

「万事うまくいったよ」ヘッソンは満足げに言った。「君の指示どおり、落ち着き先が決まるまでは今の場所にいられるように手を打った。すばらしいところだね。おめでとう。ぜひ招待してくれ」

「できれば週末にしてほしいね。ジェニーと子供たちも一緒に」ニックは椅子の背にもたれた。

「きっと大喜びするぞ」ヘッソンはうれしそうな声をあげた。「まったく君は大した男だ」

本当にそうだろうか？　ニックは自問した。ある意味では当たっている。マーカス・シェフィールドをひざまずかせる日を、何度思い描いたことだろう。それがようやく実現したのだ。ベルモント・ファームはすべて僕のものになった。しかし、どうしたことか、急にどうでもいいように思えてきた。マーティンの無残な死と、彼をシンディ・カーリンに向かわせた状況のことが、ニックの頭から離れなかった。悲惨な結末に、ニックは大きなショックを受けていた。

マーティンはどうしようもなく不幸だったに違いない。彼はスザンナ以外の娘には目もくれなかった。そして彼は彼女を手に入れるために悪魔に魂を売ったのだ。マーカスの金庫にあった宝石をうちの納屋に隠したのはマーティンだ。きっと隙をうかがって忍びこみ、何時間も隠れていたに違いない。彼は何食わぬ顔をして、〝スクープ〟を自慢した。スザンナはすみれ色の瞳に炎をともし、僕のために弁護した。けれども父親が〝信頼を裏切った〟と僕を軽蔑たっぷりに非難するや、彼女の瞳に宿っていた炎は消えてしまった。

〝おまえが刑務所へ行くのはかまわない〟マーカスは嫌悪感もあらわに告げた。〝哀れなのはお母さんだ。苦しみはもう充分だとは思わんのか？〟

ニックは必死で警察署長のフランク・ハリスに無実を訴えた。けれども署長はまるでマーカスの使用人さながらにただ突っ立っているだけだった。ニックは最初から有罪だった。スザンナでさえ、二度と父親には抵抗しなかった。ニック同様にあきらめたのだ。かくして最後通告が申し渡された。

〝宝石はすべて戻ってきたのだから、哀れな母親に免じて、これ以上は追及しない。ただし、すぐにこの町を出ていけ〟

町を出た彼はほどなくしてエコス社に就職し、母親を呼び寄せた。そしてスザンナは――ニックへの愛に身も心も燃やしたスザンナは、マーティン・ホワイトと結婚した。

ニックは長い間、マーティンが彼女と結婚するなどありえないと思いこんでいた。だが考えてみれば、彼の両親とマーカスは親しい間柄だった。加えて、マーティンは子供のころからずっとスザンナに恋心をいだいていた。

とはいえ、スザンナは〝私はいつだってあなたのものよ〟と誓った。愚かにも、僕はその言葉を固く信じていた。

3

「ずいぶん静かね。どうかしたの？」

スザンナは助手席に座っている幼い娘の様子をうかがった。普段なら、娘は学校に着くまで、のべつまくなしにしゃべっている。娘を学校へ送っていくこの時間は、不機嫌なマーカス・シェフィールドから解放される、母娘（おやこ）の貴重なひとときだった。

生活環境が激変し、マーカスはすっかり変わった。発作が起きたことも、彼の不幸に拍車をかけた。三人は現在、マーカスが所有するコテージのひとつに住んでいる。静かな川辺にたたずむこぢんまりとした家は、美しい庭に囲まれ、たいていの人々にとってあこがれの的に違いない。けれども彼は、心底みじめな気分に陥っていた。何しろベルモント・ファームはシェフィールド一族が初期植民地時代からずっと所有してきた。ベルモントの羊毛は品質が高いことで有名だったし、馬も同様だった。生産量こそ少なかったが、ワインもすばらしい品質を誇っていた。そして何より、壮麗な庭園と屋敷。数々の歴史を刻んできたベルモントの当主として、マーカスは計りしれない特権を享受してきた。そして今、彼はすべてを失ったのだ。

「おじい様はすぐに怒るんだもの」チャーリーは大きなため息をついた。けさは、朝食を残すな、とどなられた。「コテージで暮らすのって、とっても変な気分。小さいから、家の端から端まで一分で走れちゃう」

「でも、かわいらしい家だわ」スザンナはにっこりした。「じきに慣れるわ。三人一緒ですもの」

「ママと二人ならよかったのに」チャーリーは膝にのせた手を見つめ、消え入りそうな声で言った。

「だけどそうなったら、誰がおじい様の世話をするの？」

「ごめんなさい」チャーリーは口の中でもぐもぐと言った。

「謝る必要はないわ。あなたはこんなにいい子なんですもの。おじい様がこのごろ怒りっぽくなったのは確かだけれど、それはおじい様もいろいろと大変だったからよ」

「ママも大変だけど、いつも優しいわ。おじい様は乱暴者なのよ」

「それじゃあ、ママから話しておくわ。おじい様はベルモントに帰りたいだけなの」

「私だって帰りたい。ベルモントは世界じゅうでいちばんすてきな場所よ」チャーリーの声に熱がこもる。「ジャカランダの花が咲いたら、きっと恋しくなるわ」

「だったら、川沿いの道を散歩すればいいわ。両側にジャカランダの木が並んでいるでしょう?」

「ううん、全然違うわ」チャーリーは悲しげに主張した。「ベルモントを買った人は、いつ引っ越してくるのかな? 子供はいるのかしら? きっとレディを欲しがるわよ。でも私のは絶対にあげない」

「あなたのポニーは誰にもあげませんよ」スザンナは約束した。「レディはちゃんと世話をしてもらっているし、週末には乗りに行けるでしょう? 新しい持ち主のことは、会社だからよくわからないの。あなたを学校へ送り届けたら、ちょっとベルモントへ寄ってみるわね」

「なんのため? 悲しくなるだけじゃない?」チャーリーは青みを帯びた緑色の瞳で母を見つめた。チャーリーは母親の顔が好きだった。母親の香りも、顎の下で内側に巻くつややかな黒髪も。お母様は美人ね、と誰もが褒める。

「そうね、きっと悲しくなるでしょうね」スザンナは否定しなかった。「でも勇気を出さなくちゃ」

「わかったわ」チャーリーは身を乗りだして母の手に触れ、愛情を確かめ合った。「パパのこと、恋しい?」

スザンナは不意をつかれ、どぎまぎした。「もちろんよ」娘を守ってやりたいという気持ちがこみあげる。おそらく学校でもいろいろな噂(うわさ)が流れているのだろう。子供はときとして大人よりも残酷だ。

「パパは、私を好いてはいなかったわ」おさげ髪を強く引っ張るチャーリーの顔が曇った。

「チャーリー、パパはあなたを愛していたわ」スザンナは唇を噛みしめた。

「本当に？　パパは私をどこへも連れていってくれなかったし、ピアノを弾いても聞いてくれなかったわ。一緒に馬にも乗らなかった」

「パパは私たちみたいに馬が好きじゃなかったからよ」スザンナは慌てて言い訳をした。

「それにパパは、おじい様にあれこれと仕事を頼まれてとても忙しかったし」

　チャーリーは再び母親の顔をうかがった。「おじい様が、パパはとんでもない間違いを犯したって。そのせいで私たちは家をなくしたと言ってたわ」

「まさか、おじい様が直接あなたに言ったわけではないわよね、チャーリー？」スザンナは眉間にしわを寄せた。

「おじい様がミスター・ヘンダーソンに話していたの」

「あなたはどこにいたの？」スザンナは静かに問いただした。ヘンダーソンは、父の法務処理を担当している法律事務所の代表だ。

「椅子の後ろ」チャーリーは白状した。「部屋を出ていこうとしたら、ちょうどおじい様とミスター・ヘンダーソンが入ってきて……。おじい様はどなっていて、それで私、怖くて体が凍りついてしまったのよ」

「それでずっと椅子の陰に隠れていたの？」

「二人が書斎に行くまでね。おじい様はパパのことをいろいろ言っていたわ」

確かにマーティンは多くの過ちを犯した。「それはおじい様が、あなたがそこにいることを知らなかったからでしょう？」

「とても怒っていたわ。その……噂のことも」チャーリーは恐る恐る母を見やった。

「人間というのは噂が好きなのよ。私たちはパパの思い出を大事にして、前に進まなくちゃ。パパだって一生懸命だったのよ」

「それはママを愛していたからだわ」

すばらしい天気のもと、丘陵ではアカシアの木がいっせいに花をつけ、金色の綿帽子のような花がいかにもオーストラリアらしい風景を演出していた。アカシアはオーストラリアの国花で、国の紋章を飾っている。咲き乱れる花の香りが風に運ばれ、めまいを誘うほどだ。

すもも、桃、プラム、桜の花も咲き競っている。土地の境界を示す白いフェンスを美しく彩る花々に、スザンナは目を細めた。もう数週間もすれば、彼女が愛してやまないジャカランダの花もいっせいに開き、丘の斜面は妙（たえ）なる藤（ふじ）色にけぶることだろう。

オーストラリアでは、これらの木々の開花は受験シーズンの到来を意味する。大学受験を目指す者にとってはとりわけ重要な季節だ。満点だったニックには及ばないものの、スザンナはすばらしい成績で卒業試験に合格し、ニックのいるシドニー大学へ進学した。彼は学生相手の下宿屋に間借りしており、スザンナは女子寮に入った。週末や休暇には、それぞれの親もとに帰った。二人だけの時間を謳歌した、人生最高の日々だった。その後、ニックは修士課程に進み、スザンナは芸術学科を卒業して父のもとに戻った。頭脳明晰なニックには、輝かしい未来が待っているはずだった。

スザンナがマーティンと頻繁に会うようになったのは、ニックがシドニーに残って勉強を続けている間のことだ。マーティンとは幼なじみで、彼女にとってはいとこのような存在だった。スザンナはマーティンに誘われるままにさまざまな場所へ出かけたが、彼はほかの女の子ともデートを楽しんでいたので、スザンナは安心しきっていた。マーティンはただの友だち。そう思っていた。今にして思えば、彼が死ぬほど彼女に夢中になっていたことがわかる。けれども当時の彼はおやすみのキス以上は求めなかったし、彼女を連れだすだけで満足しているように見えた。

同世代の友人たちは性に関することで頭の中がいっぱいだったが、ニックとスザンナはプラトニックラブを貫いていた。ただひたすら互いの愛情を求め、二人だけの時を過ごした。ニックは相変わらず彼女の世話を熱心に焼いてくれた。二人の関係は純粋なままに推移した。

それでも、心の中では、私たちはいつかきっと結婚すると信じていたのではなかったかしら？

ニックが修士課程を修了すれば、この世界は晴れて彼のものになる。それが二人の夢だった。

だが、夢は無残に打ち砕かれた。スザンナの父親が思い描いていたのは、まったく別の夢だった。彼が思い描く夢の中には、スザンナを守る気高い騎士(ナイト)、ニコラス・コンラッズはいっさい登場しなかった。


屋敷へ続く長い私道からは、丘陵に広がる美しい葡萄(ぶどう)畑と、敷地内を縫って流れる深く静かなクリークが見渡せた。新しい所有者はここをどうするつもりだろう、とスザンナは思った。厩舎(きゅうしゃ)もワイナリーも、運営を再開するのかしら。

すべてが見る影を失っていた。父はなぜマーティンに経営を任せたのだろう。彼はビジネスには向いていなかった。ワインは浴びるほど飲んだけれど、馬は好きではなかった。しかし、彼はシェフィールドの仲間、古くからこの地に住む名家の一員だった。洞察力があったはずの父はそれにこだわり、痛い目を見たのだ。

スザンナは迫りくる屋敷を眺めた。丘の上に堂々と立つ屋敷は、やわらかな薔薇(ばら)色の煉瓦(れんが)を用いたみごとなコロニアル様式だ。高くそびえる白い柱が二階のバルコニーを支え、一階には白い鋳鉄の柵で囲まれた広いテラスがある。母屋の周囲にはいくつもの別棟が並んでいるが、いずれもジャカランダの木に隠され、屋敷はさながらジャカランダに囲まれた宝石だった。

屋敷の手前で私道は曲線を描き、スザンナの曽祖父に当たる人物がイタリアから取り寄せた白大理石の噴水に沿ってぐるりとまわる。彼女が子供のころはつねに水しぶきを上げていたが、今は暖かい日差しの中でひっそりと静まり返り、かつて水面を飾っていた睡蓮も姿を消した。

スザンナは正面の石段の前で車を止めた。驚いたことに玄関の扉が開いている。不動産会社の人が来ているのかしら？　それにしては、車が見当たらない。裏に止めたのかもしれない。新しい所有者がやってくるまで屋敷を管理する目的で、スザンナは今も鍵を一式預かっている。彼女は急いで石段を駆け上がり、チャイムを押して、不動産会社の担当者の名前を呼んだ。

「キャスリーン、あなたなの？」なんの物音もしない。だが、鍵穴に鍵がつけられたままなのを見て、少なくとも泥棒ではなさそうだわ、とスザンナは胸を撫で下ろした。「キャスリーン？」スザンナはもう一度声をかけ、玄関ホールに足を踏み入れた。まず中央階段を見あげ、それから居間へ向かう。もしキャスリーンなら、いったいなんのために？　家の状態を確認しに来たのかしら？　そんな心配はいらないのに。週に一度は私が見まわっているのだから。

二つの暖炉がどっしりと座る広いL字形の居間は、ひどくがらんとして見えた。多くの家具は屋敷と共に売り払った。アンティークの家具も、ダイニングルームの椅子とテーブルも、食器棚も、白と金で統一された舞踏室のすべての調度品も。今住んでいるコテージには、おそらくその四分の一も入りきらなかっただろう。スザンナは途方に暮れ、暖炉の上の鏡に近づいた。黒い髪にふちどられたハート形の顔。幸せそうには見えなかった。

「スザンナ?」背後で響いた声に、スザンナは心臓が飛びだすのではないかと思った。彼女は震える手で胸を押さえつつ、危険に備えて肩をいからせ、勢いよく振り返った。

「ニック!」スザンナの顔からさっと血の気が引いた。「どうしてここに?」彼女は一瞬、わけがわからなかった。そしてやがて理由に思い至り、息をのんだ。そう、あの日、ニックは確かに父への復讐を宣言した。

〝必ず戻ってくる〟警察署長に追いたてられてパトカーに乗りこむ間際、彼は叫んだ。

〝必ず戻ってくるから、そのときは覚悟するがいい〟

スザンナは氷の手で額を撫でられた心持ちがして、ぞっとした。「そうよ、当然だわ! あなただったのね? あなたがここの新しい所有者なのね?」

「うれしくてたまらないよ」皮肉たっぷりに答えながら、ニックは心臓を切り刻まれるような痛みを覚えた。あの光り輝いていた彼女はどこへ行ってしまったのだろう。それでも目の前のスザンナは、ニックの目にかつてないほどいとしく映った。長く垂らした美しい髪。壊れそうなほど細い体。長いまつげにふちどられた瞳は、藤色の光を放っている。

「なぜ気づかなかったのかしら？」スザンナの顔が苦悩にゆがんだ。

「もちろん、僕が気づかれたくなかったからさ」

「想像してしかるべきだったわ。あなたがいつかきっと父に復讐するだろうと、心のどこかで思っていたのに」

「君のお父さんと、君にもね。忘れないでくれ、スザンナ。僕を愛していると言ったのは君だ。永遠に僕のものになると言ったのは、君だったんだ」

「運命さえ邪魔だてしなければね」スザンナは我が身を抱きしめ、彼の激しい非難から身を守った。

「あれを運命と呼びたければ呼ぶがいい」ニックの黒い瞳が鋭い光を放った。「僕に言わせれば、あれは裏切り、ゆすりだ」

「忘れてはくれないのね」スザンナはぞっとするような孤独感に襲われた。

「僕が忘れるとでも思ったのかい？」

「父は病気なのよ、ニック」

ニックは首を横に振った。「心臓発作は僕のせいじゃない。彼の世界を壊したのは僕ではない。僕が買わなくても、ベルモント・ファームはほかの誰かが買っていただろう」

「なんのために買ったの？　あなたは別の世界の人だわ。会社があって、仕事があって、結婚だってしているんでしょう？」車に乗っていたあの女性。やけどしそうなほど激しい視線を私にぶつけてきた人……。

「結婚を急ぐつもりはない」ニックはそっけなく答えた。「君と違ってね。なんのために買ったかという質問に答えるなら、ここがすばらしい土地だからさ。ちょうど田舎の保養地を探していたんだ。どこかゆっくりくつろげる場所をね」

「保養地？　ここを農園として再建するわけではないの？」

「実際にはそうするつもりだ。君とお父さんさえよければの話だが」彼は冷ややかに応じた。

「なんて残酷なの」

「そうさ。でも心配には及ばない」ニックは彼女に近づいた。「新しい家には慣れたかい？　ゆうべ近くを通ったよ。以前サウンダー一家が住んでいたところだろう？」

「つまり、ここへはけさ着いたわけではないのね」

「そう、きのうシドニーから車で来て、ひと晩泊まった」君の部屋で。あの晩ただ一度、君を抱いたあの部屋で。「それより僕にもききたいことがある。君はなぜここにいるんだい？　僕の屋敷に」尊大な態度をとるつもりはなかったが、ニックは自分を抑えることができなかった。

「屋敷の状態を点検しに来たのよ」スザンナの頬がかっと赤くなる。

「そこまでする義務はないはずだろう？」

「ニック、もうやめて」スザンナは懇願した。何をもってしても傷を癒すことはできない。

「何をやめるんだい？」

「憎しみをぶつけることをよ」

その言葉に、ニックは白い歯を見せて笑った。ユーモアのかけらも感じさせない笑みだった。「君の言うせりふではないだろう？　事実はくつがえせないんだよ、スザンナ。君が僕を盗人呼ばわりした事実ももはや修整はきかない」

「盗人呼ばわりなどしていないわ」私はただ、それまで一度たりとも嘘をついたことのない父を信じただけ。私の胸はあなたへの同情で押しつぶされそうだった。

「君は沈黙を決めこむことで、僕を断罪した」

「とても後悔しているわ、ニック」スザンナの目に涙がこみあげた。体の奥深くからこみあげる涙だった。「許してはくれないの？」

不意にニックは得意顔になった。「答えを教えてあげよう。そのとおりさ。僕の母は死んだ。知っていたかい？」

「聞いたわ」訃報を耳にしたときのショックは言葉では表現できない。「お悔やみの手紙を書きたかったけれど、憎まれるだけだとわかっていたから」

「そう、母は悲しみのあまり死んだんだ」

スザンナは暖炉のそばを離れ、両開きのドアのほうへ歩いていった。彼女は扉を押し開いて風を入れた。「お母様のことはとても気になっていたのよ、ニック。本当に」

「母も君のことを気にしていたよ」

「でも、あなたの居場所はどうしても教えてくれなかったわ」

「当然だろう？　君のせいで僕はひどく傷ついていた。連絡しようとしたのも、どうせ単なる思いつきだったんじゃないのかい？　次に君の噂を聞きつけたのは、哀れなマーティンと結婚したときだった。よほど彼に心を奪われたらしいな」

スザンナは部屋が渦を巻いてまわりだしたような錯覚にとらわれた。「父は喜んだわ」

「なるほど、君はお父さんを喜ばせるために生まれてきたわけだ。君自身はどうなんだ？　こんなときに言うのは酷かもしれないが、君たちの結婚がうまくいっていなかったのは周知の事実だ」

スザンナは大きなソファへ近づき、倒れる前に腰を下ろした。「でも、私には娘がいるわ。すばらしい娘よ」

ニックの表情がこわばった。「本来なら僕たちの娘だったかもしれないんだ」長い沈黙を挟んで、彼は尋ねた。「名前は？」

スザンナの青ざめた顔に赤みが差し、彼女は視線を落とした。「シャーロットよ。チャーリーと呼んでいるわ」

一瞬、ニックは返す言葉を失った。「シャーロットだって？　僕の母親の名前を勝手に使うとは、いったいどういう了見だ」

スザンナはかっとなった。「あなたのお母様は以前、私のような娘が欲しかったとおっしゃってくれたのよ。私はあなたのお母様のおかげでピアニストになり、人間として成長できたの。人生にこれほど大きな影響を与えてくれた女性の名前を自分の子供につけて、何が悪いの？」

「そんな話を僕が信じるとでも思っているのか？」

「もちろんよ」

「君のお父さんはさぞかし孫の名が気に入っただろうな。マーティンも」

「二人とも知らないわ」スザンナは急に声を落とした。「あなたのお母様のことは〝ミセス・コンラッズ〟と呼んでいたし、お父様はお母様のことを〝ロッテ〟としか呼んでいらっしゃらなかった。父もマーティンも、名前のつながりには気づかなかったはずだわ」

「ばかな」ニックは一笑に付した。彼はスザンナの後ろにまわりこみ、すかさず肩をつかんだ。

「本当よ」さまざまな感情が一気に押し寄せ、スザンナは身をもだえさせた。「シャーロットはすてきな名前だもの」

こみあげる衝動に我を失う前に、ニックは素早く手を離した。「チャーリーのほうがよほどいい」

「チャーリーは愛称よ。まだ六つだけど、すばらしい子よ」

「君に似ているのかい?」自分が失ったものについて思うと、恐ろしいほどの怒りがこみあげた。

「鏡を見ているようだと言われるわ」

「結婚初夜に身ごもったわけか?」ニックはソファの上で膝を抱えているスザンナを見下ろした。触れると壊れそうな細い肩と、淡いピンク色のセーターがくっきりと映しだす胸の輪郭に、目が留まる。

彼女は慎重に答えた。「結婚生活のことをあなたに話すつもりはないわ」

「だがうまくいっていなかったことはみんなが知っている。事故のときにマーティンがシンディ・カーリンと一緒だったと聞いて、信じられなかったよ」

マーティンは愛情と笑いに飢えていたのよ。「そのことで私がどんな思いをしているか、ニック、あなたにはわからないわ」

「そうかな」彼は必死の思いで彼女から視線をそらした。「僕がわからないのは、なぜ彼がシンディと一緒だったかということだ。あれほど君に夢中だったのに」

「それはほんの一時期よ」

「どういう意味だい？」

「要するに、二人には共通点がほとんどなかったということ」

ニックは広い肩をすくめた。「そんなことは最初からわかっていたはずだ。なぜ彼と結婚したんだ、スザンナ？」胸の内でこれまで百万回も繰り返してきた問いだった。

なんと答えればいいのかしら？「さあ」スザンナは自分の両手をじっと見つめた。「反動かしら。あなたからはなんの連絡もなかったし、お母様も私にはずっと口を閉ざしていたし」

「当然だ。僕のため、僕の怒りと屈辱を思いやり、母は黙っていたんだ。僕は神に復讐を誓ったんだからな。君のお父さんは僕に濡れ衣を着せて刑務所にぶちこもうとした。わかっているのか？　警察署長のフランク・ハリスも同罪だ」

スザンナはうなだれた。黒い髪がカーテンのようにはらりと落ちた。「ごめんなさい、ニック。私を許して」しばらくして上げられた彼女のハート形の顔は、苦渋に満ちていた。

ニックが危惧していたことだった。怒りが見る見るしぼんでいく。魔法――スザンナという魔法にかかったみたいに。「あのときは信じなかったくせに、いつ真相を知ったんだい？」彼はいらだたしげに尋ねた。「君のお父さんが告白したとは思えない」

すべてはあとになってから自分で考え直したことだった。「マーティンよ」スザンナは答えた。彼の名を口にするのは、身を焼かれる思いだった。「ずっと苦しんでいたみたい。

話してしまいたかったんでしょうね」

ニックは踵を返した。「なるほど、マーティンか。きっと君が罪を許してくれると思ったんだろう。マーティン・ホワイト。町のゴールデンボーイ。彼は君のお父さんの命令ならなんでもきいた。それでお父さんは、褒美として君を与えたわけだ」

「マーティンは死んだのよ、ニック」亡霊に取りつかれたような声だった。

「死んでしまっては許すこともできない」

「私も許してもらえない。マーティンには申し訳ないことをしてしまったわ」

僕たちはなんという深い絆で結ばれているのだろう。「マーティンは何がなんでも君と結婚したかったんだ」ニックは醜い皮肉が頭をもたげるのを感じ、話題を転じた。「全部が全部、君の責任ではないさ。それよりシャーロット――君の娘のことを話してくれないか」彼は再びスザンナのほうへ近づき、向かいのソファに腰を下ろした。

「私の子供のころにそっくりよ」ただし、瞳を除いて。「年のわりに背が高く、とても頭がいいの。小学校に入学してから二週間で二年生に飛び級して、問題なくやっているわ。ピアノも習っているのよ」三歳のとき、チャーリーは居間にある大きなピアノの前に歩いていき、いきなり曲を弾き始めた。同じ年で字も読めるようになった。才能に恵まれた我が娘。親の血を引いているのだ。

「本人も興味を示しているのかい？」

「ええ、とても」

「君に似たんだな。マーティンは音痴だった。チャーリーに会いたいな」僕のスザンナに、もう一度。

「それは無理よ」スザンナは顔をそむけた。

「なぜ？　まだお父さんの言いつけを守るつもりなのか？」

「父は昔のような健康体ではないわ。父を見捨てることはできない。あなたには憎い相手でも、私のことはひたすら愛してくれているのよ」

「スザンナ、目を覚まさないか。いつから利己主義が愛と呼ばれるようになったんだ？君のお父さんは君の幸せを考えていたわけじゃない。自分の幸せを追い求めていたんだ。君のお母さんが家を出て以来、彼の関心はずっと君ひとりに向けられてきた。君は溺愛するにふさわしい子供だったからね。賢いうえに健康で美しく、躍動感にあふれていた。君は彼の人生に大きな誇りと満足感をもたらした。もし君がそこまで幸運の女神たちに祝福されていなかったら、彼の態度は違っていたかもしれない」

「そんな女神がいたのだとしても、きっと生まれてすぐにどこかへ飛んでいってしまったわ」スザンナはむなしく答えた。

「だがマーカスだって、君がずっと独り身を通すとは思っていないんじゃないか？　それとも、すでにお父さんの決めた後がまがいるのかい？」

スザンナは毅然と立ちあがった。「そろそろ失礼するわ、ニック。用事があるの」

「たとえばどんな？」彼女の動きを目で追いながら、ニックは挑発するように尋ねた。

「たとえば仕事を探したり」

ニックは静かに笑った。「お父さんだってまだ多少の財産は持っているだろうに」

「私自身が仕事をしたいのよ」

「なんなら管理人として雇ってあげよう」彼は残酷な言葉を口にした。

「そうなればさぞご満足でしょうね」すみれ色の瞳から怒りがほとばしった。

スザンナの頬に赤みが差し、すぐに引いていくさまを、ニックはじっと見守った。「僕が復讐を断念するとでも思っていたのか？」

「あなたに残忍な面があるのはわかったわ。あなたはずっと私のことを自分のものだと思っていたのね」

「君がバージンじゃないと知ったときは、マーティンは相当なショックを受けただろうな」

スザンナは顔面蒼白になった。実際には、マーティンは酔っていて気づかなかったに違いない。彼はスザンナを花嫁として手に入れ、有頂天になっていた。彼は、戦いに勝ったのだ。マーカス・シェフィールドと組んでニックに仕掛けた戦いに。「知っていたとしても、彼はひと言も口にしなかったわ」

「そりゃあ、彼は君に夢中だったからね。妊娠にはいつ気づいたんだい？」

「初めてもどしたときよ」答えながら、スザンナの気分は悪化の一途をたどった。

「もう一度言うが、チャーリーは関係ないでしょう？」スザンナは真っすぐにニックを見つめ返した。

「チャーリーに会いたい」彼はきっぱりと言った。

ニックは笑ってみせたものの、内心では激怒していた。「君は何か隠しているんじゃないのか？」

「これ以上トラブルを持ちこまないで」

「もう行くわ、ニック」こんな会話は耐えられない。このまま続けたら、抜き差しならないところまで行き着くかもしれない。

「待ってくれ」ニックは素早く腕を伸ばし、スザンナの肩をつかんだ。「どうしたんだい、スザンナ。僕が怖いのかい？」

「当然でしょう。あなたは私たち一家を完全に破滅させようとしているのよ」

「どうやって？　逃れようとしても無駄だ。質問に答えたまえ。どうやって？」

スザンナは口の中がからからだった。「父の体が心配なのよ」

「それと僕がチャーリーに会うことと、どんな関係があるんだい？」

「あの子が動揺するわ」

「僕は子供には親切だ」ニックはばかにしたように笑った。「事実、名づけ親にも二度なって、二人の子供たちにはしょっちゅう会いに行っている」

「放して、ニック」スザンナは震える声で懇願した。「あなたがここにいるとわかっていたら、絶対に来なかったわ」

「僕だって君にシャーロットという名の娘がいるとは知らなかった」ニックは言い返した。「ベルモント・ファームを手に入れて復讐を果たしたとはいえ、今までの経過を考えれば、被害者は僕のほうだ」

スザンナはうなずくのがやっとだった。「申し訳なく思っていると、さっきも言ったでしょう？　ごめんなさい。父のぶんも謝るわ。でも、口をきくのはお互いこれで最後にしましょう」

「僕はそんなことを約束するために戻ってきたわけではない」ニックの理性はもはや限界に達していた。

彼はいきなりスザンナを抱きしめると、手首をつかんで強引に唇を奪った。彼女の心臓は以前と同じ喜びに高鳴った。それでいて、体じゅうにふくれあがる情熱が自分でも怖くなり、スザンナは目をつぶった。

痛み、孤独、性への渇望……。すべてが一気に吹き飛んだ。スザンナは一瞬のうちに過去へと戻り、ニックの腕の中で震えながら、全身でエクスタシーを、そして苦しみを感じていた。彼女は手を振りほどこうとさえしなかった。ニックのキスは深く、激しく、果てしなく、それに応えるように彼女の内側からも欲望がほとばしり出た。過去も未来も見えなかった。見えるのは今この瞬間だけだった。

「自分の顔を見てみるがいい！」

ニックの声にスザンナは愕然とした。彼は不意に顔を上げたかと思うと、彼女の無防備な表情をじっと見下ろしていた。なかば開いた唇、閉じた両目、恋い焦がれるような表情。すべては明らかだった。やっと帰るべき場所にたどり着いたという無上の喜びがそこに見て取れた。

「口をきくのは最後だって？　もう一度言ってみるがいい」ニックはなじった。「僕が帰ってくるのを待っていたくせに。マーティンはひどい妻を持ったものだな」

スザンナはニックを殴ろうとした。屈辱に髪の先まで熱くなるのを感じながら、彼の美しく官能的な唇を平手で殴ろうとした。だが、ニックの手は彼女の腕をつかんで放さなかった。

「なるほど、あのころの負けん気を完全になくしたわけではないらしい」彼はスザンナの体をさらにきつく抱き寄せた。

世界は回転するのをやめ、彼女は完全に正気を取り戻した。「私たちの間にあったのは単なる性的な欲望よ」自分の耳にもばかげて聞こえたが、怒りはどうにもおさまらなかった。

「僕が君を抱いたのはたった一度だ」ニックは動じなかった。「この家で、君の部屋で」君と君の裏切りに思いを馳せながら、ゆうべひとりで眠ったあの部屋で。「君の美しい体を知ったのはその一度きりだが、決して最後にするつもりはない」彼はスザンナの両手をつかんだ。「君は一生僕のものになるんだ。あがいても無駄だ」

ぞっとするような勝利の笑みは、スザンナの魂の最も奥までしみこんだ。彼女はどうにかニックの手を振りほどき、玄関ホールへ急いだ。「私に近寄らないで！」振り向きざまに、彼女は叫んだ。

「言うことを聞く気はないからな、スザンナ。わかっているはずだ」ニックは彼女に追いついた。「君たちがしたことに対する当然の報いだ。お父さんと一緒によく考えるがいい」

車に乗りこんだスザンナは、田舎道を一時間近くやみくもに走った。ようやく家にたどり着いたとき、父は本を片手にポーチで待っていた。

「スザンナ、どこへ行っていたんだ？　ずいぶん心配したぞ」

「ごめんなさい」スザンナはポーチの石段をのぼり、父にキスをした。「知り合いにばったり会ったの」

キッチンへ入ってやかんを火にかけたところへ、あとを追うように父がやってきた。

「お父様、座ってちょうだい。話があるの」

マーカスはじっと娘の顔を見つめた。「いい話だとうれしいのだが」彼はつぶやくように言い、椅子を引いて腰を下ろした。

「そうでないことはわかっているでしょう?」スザンナはカップと受け皿を取りだし、テーブルに置いた。「ベルモント・ファームを買ったのはニック・コンラッズだったわ」彼女は父親のそばへ行き、肩にそっと手をのせた。「興奮なさらないでね。でも、お父様には知らせなければと思ったから」

マーカスの反応は意外だった。彼はテーブルに額が触れんばかりに、深くうなだれた。

「神よ、恐れていた日がついにやってきた」

「こうなることがわかっていたの?」

父はうなずいた。「コンラッズのような男はほかに見たことがない。私はある意味、彼を恐れていたのだ。おかしいか?」

「いいえ」スザンナは充分に理解できた。

「なぜ、彼が手をまわしていることに気づかなかったのだろう?」

「たぶん、ニックは二度とここへは戻りたくないだろうと頭から決めつけていたからじゃないかしら」

父は居心地悪そうに体を動かし、指先でテーブルをたたいた。「冷酷な男だ」

「今では大富豪よ」スザンナはカウンターへ歩いていき、陶製のティーポットに紅茶の葉を入れた。

「あの男が成功を収めたのは知っていた」マーカスは冷ややかに言い、胸ポケットからたばこを出して火をつけた。

「だめよ」スザンナは青い煙から顔をそむけ、窓を開けた。「お医者様がおっしゃったでしょう？　お父様がご自分の肺を痛めつけるのを見るのは耐えられないわ」

「この期に及んで健康がなんだというのだ。それで、あの男は今もおまえを愛しているのか？」マーカスはじっと娘の顔を見た。「あの男に会ったんだろう。家に行ってきたんじゃないのか？」

スザンナはゆっくりと息を吐いた。「まさかニックがいるとは思わなかったのよ」彼女は湯をティーポットに注いだ。父は本気でたばこをやめようと努力してきた。けれども今、ストレスが父の体をむしばんでいた。

「質問の答えは？」

「彼は私たちを憎んでいるわ」スザンナは父親に向き直った。「当然でしょう？」

「何が当然だ。刑務所にぶちこんでやってもよかったんだ。あの男は自分がどんなに幸運だったか気づいておらんのか？」

これからもずっと嘘とつき合っていかなければならないの？「お父様、私は知っているのよ。いつになったら認めるの？」

マーカスはテーブルに両手を突っ張った。「いったい何を知っているというのだ？」

「お父様が何年も前にマーティンに命じて実行させた計画よ」スザンナはひるまなかった。だが父は答えない。彼女はさらに続けた。「マーティンが何もかも話してくれたわ。黙っていることに耐えられなくなったのよ」

「そうだろうとも！」父はどなった。「あの男はシェフィールド家には似つかわしくない根性なしだった。なぜ最初に気づかなかったのだろう」

「気づいていたら、どうしていたの？」スザンナは紅茶を父親の前に差しだした。

「まったく同じことをしたさ！」マーカスは怒りをつのらせ、身をこわばらせた。「おまえにあの若者とだけは結婚してほしくなかった。目をかけてやったのが間違いだった。家に近づけるんじゃなかった。自信家で、傲慢な男は、あの黒い瞳でいとも簡単におまえをとりこにした」

「彼は私の面倒を見てくれたのよ」

その点はマーカスも認めざるをえなかった。彼はくわえていたたばこを紅茶の受け皿に押しつけ、首を横に振った。「おまえたちが幼いうちは、親切に目をかけてやった。だがやがて成長し、あの男の正体がわかった」

「どういうこと？　彼の正体はなんだというの？」

「おまえを私から永久に奪ってしまう男だ」マーカスはそう答えてうなだれた。

4

その日の午前中、ニックはスザンナとの甘くせつない思い出に浸りつつ、ベルモント・ファームを歩きまわった。厩舎に近づくにつれ、彼は薄ら寒いものを感じた。馬は一頭残らず売却され、内部はがらんとしている。表現しようのない喜びと心の平和を移民の少年にもたらしてくれたすばらしい生き物たちは、今や影も形もなかった。

真っ青な空の下、彼は丘の急斜面に広がる葡萄畑を歩いた。風にそよぐ緑と黄金の果実。これらいっさいが、今や彼の手にゆだねられている。

だが、至るところに荒廃の兆しが認められた。なぜこんなふうになるまで放置されていたのだろう。このままでは、収穫物は質も量も大幅な後退を免れない。なんとか歯止めをかけなければ……。ニックの頭の中で壮大なプランが姿を現し始めた。

まずハンス・シュレーダーと息子のカートを呼び戻さなければなるまい。シュレーダー一族はオーストラリア南部のバロッサ・バレーに数々の名高いワイナリーを創設した人々の血を引くドイツ系の移民で、ベルモント・ファームにワイナリーが設立された一八〇〇年代初頭から、シェフィールド家で働いてきた。当時の主だったエドワード・シェフィールドは、先見の明の持ち主だった。彼は自らの食卓をにぎわし、田舎を愛する友人たちにふるまうために、すばらしいワインを作ろうと決意した。

由緒ある二階建ての石造りのワイナリーにはワインの芳香が深くしみこみ、なんとも言えない風情をかもしだしている。しかし、設備の改善と近代化が不可欠だった。

ニックが費やせる時間はかぎられているが、適切な人材を配置すれば、質の向上と生産の拡大が図れるに違いない。もっとたくさん苗を植えよう。セミヨン、シャルドネ。これまでと同じく白にこだわり、品質をいっそう高めよう。そのためには、葡萄畑の監督を任せられる人間と、葡萄作りに詳しい若い人材を確保しなければならない。実現すれば、地域の人々の雇用拡大にもつながるだろう。

改めて、ニックは最高品質のワインを作ることがいかにやり甲斐のある仕事かに気づいた。葡萄畑に力を注ぐためにも、厩舎は乗馬の訓練施設に作り変えたほうがいいかもしれない。裕福な家庭の子供だけでなく、馬を愛するすべての子供たちが乗馬のレッスンを受けられるようにするのだ。さらに、上級クラスの大人も楽しめるように、いい馬も何頭かそろえよう。そうした乗馬施設の運営を任せられる適任者は、きっとすぐ見つかるに違いない。

ニックはおのずとスザンナのことを考えた。彼女は優れた騎手であり、馬という美しくも繊細な生き物と生まれつき相性がよかった。彼は彼女と共に馬にまたがり、あらゆる場所を駆け巡った。丘を越え、川沿いを走り、馬のすばらしい乗り心地とおしゃべりを心ゆくまで楽しんだ。

いつも不思議に思うのだが、スザンナの父親は、ニックが高価な馬に乗ることを禁じたりはしなかった。ニックがどれだけ馬を大切にし、上手に乗りこなすかを知っていたからだろうか。それを言うなら、乗馬のレッスンを受けさせてくれたスザンナにも感謝しなければなるまい。コーチがニックの筋のよさを見抜くや、スザンナは彼も一緒にレッスンを受けるべきだと言い張った。そのおかげでニックは暴れ馬からサラブレッドまで、どんな馬でも乗りこなせるようになったのだ。

レモン林を抜けながら、ニックはなんとも言えない柑橘系の香りを胸いっぱいに吸いこんだ。取るに足りない移民の子としてこの国にやってきた僕が、今やベルモント・ファームの主となった。頭脳と野心さえあれば、誰でも頂点に立てる国。それがオーストラリアなのだ。

午後、ニックは車で町を目指し、小学校の敷地に沿った細い道に車を止めた。大通りには、子供を迎えに来た母親たちの車が何台も止まっている。スザンナがきのう運転していた父親のロールスロイスは見当たらない。もしかすると、彼女は自分専用の車を持っているのかもしれない。

子供たちがいっせいに教室から飛びだしてきた。木立が影を落とす美しい運動場を横切って次から次へと正門をくぐり、それぞれの母親の腕の中に飛びこんでいく。ニックはシートに深く座ったまま上体を起こし、窓の外に目を凝らした。子供たちはみな日よけの帽子をかぶり、制服に身を包んでいる。いくらスザンナに瓜二つとはいえ、これだけの人数の中からチャーリーを捜しだすのは無理かもしれない。ニックは目標をスザンナに切り替えた。

あわや見逃すかもしれないという寸前、彼はスザンナを見つけた。幼い少女の手をつかみ、あたりをうかがいながら足早に歩いていく。

そんなに娘を見せたくないのか？

なぜだ？

彼は胸にこみあげるしこりをのみ下し、なんとか平静を取り戻した。子供の年齢は知っている。名前も知っている。彼を裏切ったあと、スザンナが不可解なほど短い間にマーティンと結婚したことも。

逃がすものか。ニックはベンツのドアを開けた。周囲の会話がぴたりとやみ、人々がこぞって振り返ったことにも、彼は気づかなかった。

スザンナが白い小型車の助手席のドアを開けたところで、ニックは彼女の手をそっとつかんだ。子供を驚かさないように笑みを浮かべ、彼は静かに話しかけた。

「スザンナ。また会えてよかったよ」

「ニック」スザンナの顔は見る見る青ざめていった。あとわずかでチャーリーを車に乗せられたのに。

「やあ、こんにちは」ニックは、彼を見あげているアーモンド形の瞳に笑みを向けた。青みを帯びた緑色の瞳。海のようにくるくると色の変わる瞳。ニックはショックのあまり心臓が止まりかけた。

愛らしい顔には、奇妙な表情が浮かんでいる。喜びととまどいの入りまじった表情。りんごの花のような白い肌に、赤みが差した。帽子の下から長い三つ編みがのぞき、その先にリボンが結んである。

「たまたま通りかかったんだ」ニックはさりげない声を取りつくろったが、実際には天に向かってわめきたい気分だった。「かわいいお嬢さんを紹介してほしいな」

「こんにちは」ひと言も返せずにいる母親を尻目に、少女は元気よく挨拶(あいさつ)し、礼儀正しくニックに片手を差しだした。「チャーリーよ。本当はシャーロットなんだけど、みんなチャーリーと呼んでるわ」

「はじめまして、チャーリー」大声で叫びそうになる気持ちを必死で抑え、ニックは握った手に視線を落とした。赤ん坊のようにやわらかな白い肌。シャーロット。チャーリー。

我が娘。まったくなんということだ！　ニックは動物的直感で悟った。

「こちらこそはじめまして」なんてハンサムなおじさんかしら。笑顔でニックを見あげながら、チャーリーは思った。きらきらした瞳はまるで黒いダイヤモンドみたい。前にどこかで会わなかったかしら？

「僕はニック・コンラッズだよ、シャーロット」頭がおそろしく混乱し、ニックは少女の本名で呼びかけた。心臓がすさまじい勢いで脈打っている。「君のお母さんの友だちだ」

「本当？　そうだ、思い出した！」少女はニックから母親へ視線を移した。「前に、あなたとママが一緒に写っている写真を何枚も見つけたことがあるわ。ママったらすっかり忘れていたのよ。食器棚の中に隠してあったんだから。ママはいとこだと言っていたけど、私ともいとこなの？」

「いとこのようなもの、という意味よ」スザンナは張りつめた声で説明した。「ミスター・コンラッズは親戚ではないわ」

当たり前だ。ニックは憤然とした。激しい怒りがこみあげ、スザンナの体を骨が砕けるまで揺すぶりたい心境だった。

「ねえニック、お会いできたのはうれしいけれど、もう行かなくちゃ」スザンナの白い頬が、熱を帯びたように赤くなった。

「それじゃあ、あとで君の家に寄らせてもらおうかな」ニックは真正面から彼女の目を見すえた。

「明日、コーヒーでもいかが？」スザンナはとっさに言葉を返した。ニックがこのまま引き下がるとは思えなかったからだ。

「明日はいないんだ」彼はなおも幼い少女の姿に圧倒されていた。「シドニーに戻らなければならなくてね。今夜、ディナーでも一緒にどうだい？　もちろん、どこかのレストランで」ニックはスザンナの喉もとが哀れなほど激しく上下していることに気づいた。怒りと悲しみの入りまじった感情がわきおこる。

スザンナはさも残念そうにほほ笑んだ。「今夜はだめよ、ニック。チャーリーを残して外出できないもの」

「そんなことないわ、ママ」チャーリーが母親の腕を引っ張った。「おじい様がいるから大丈夫よ」少女は母親のことが心配だった。ママは悲しみを隠している。ミスター・コンラッズとディナーに出かければ、ママもきっと気が晴れるわ。

ミスター・コンラッズが母親にとって特別な存在だということを、チャーリーは幼いなりに気づいていた。少女は母の子供時代の写真を思い出した。母親がずいぶん幼いころから、母親のそばにはいつも背の高い少年が写っていた。大きくなって馬にまたがる母、ピアノを弾く母、ソファに丸くなる母。それらの写真のほとんどに、目の前にいる男性が写っていた。髪が短くなったこと、大人の服を着ていること、かつての祖父に似た重々しい雰囲気が備わっていることを除けば、ミスター・コンラッズは写真の少年そのままだった。

「家の場所なら知っている」ニックは少女の頭越しにスザンナを見つめた。彼の視線は、この場で口にできないあらゆる思いを伝えていた。

スザンナもニックの思いをすべて感じ取っていた。ああ、身も心もどうかなってしまいそうだわ。チャーリーは小首をかしげ、薔薇のつぼみのような口もとに笑みを浮かべ、じっと彼を見あげている。彼に魅せられたことは明らかだ。当然だわ。そうでしょう？　スザンナの胸は張り裂けんばかりだった。

「八時ちょうどに家の外で待っているよ。君のお父さんの邪魔はしない」顔を合わせれば殴り合いになりかねない。

「邪魔だなんて、とんでもないわ」無邪気なチャーリーは屈託のない明るい声で口を挟んだ。ママのお友だちであるこのハンサムなおじさんに、ぜひもう一度会いたいわ。

不意に突きあげる衝動を、ニックは抑えることができなかった。彼はその場にしゃがみこんで、少女と視線を合わせた。彼の瞳に何かを感じたらしく、少女はいきなり身を乗りだすと、ニックの首筋に顔をうずめた。もはや限界だった。彼は自分が少女にとって初対面の人間であることを忘れ、彼女を抱きしめて背中をさすった。

「ニック！」スザンナの声は、小鳥の悲鳴のようにらせんを描いて空にのぼった。

「また会えるわよね？」チャーリーはそう言って、帽子を後ろへはたき落とした。

ニックは立ちあがり、少女の頭に手をのせた。スザンナだけでなく、僕はこの子とも結ばれているのだ。「チャーリー、約束するよ。君はこれからいくらでも僕に会える」その約束を、三人は決して忘れることはなかった。

もともとマーカス・シェフィールドに隠しおおせるはずもなかったが、放課後の出来事ですっかり舞いあがっていたチャーリーは、さもうれしそうに事の次第を祖父に語って聞かせた。

しまいには恐ろしい形相になって、マーカスは孫娘をにらみつけた。「もう充分だ、チャーリー」

祖父の有無を言わさぬ険しい声に、少女は顔を赤らめた。「ごめんなさい、おじい様」

「二階へ行って早く着替えていらっしゃい」スザンナは怒りをぐっと抑えた。「おいしい飲み物を用意しておくわ」

「私の聞き間違いか?」チャーリーが姿を消すや、マーカスはスザンナに詰め寄った。

「ニック・コンラッズが学校へ来たのか?」

「通りかかっただけよ」スザンナは冷蔵庫からミルクを取りだし、ココア味のする粉末を入れた。

父は足を引きずって椅子に腰を下ろし、首を左右に振った。「ごまかすんじゃない。あの男はおまえを捜していたんだ。ふん、あいつのほうこそ私に見つからないよう気をつけるがいい」

　スザンナは肩をすくめた。父が世界を支配していた時代は終わったのだ。「今夜、彼と食事に出かけるわ」

「どういうつもりだ?」マーカスの頬に赤みが差した。「あいつは泥棒なんだぞ」

「その話は前にもしたでしょう、お父様」スザンナはできるだけ穏やかに告げた。「お願いだから大声を出さないで。チャーリーがびっくりするわ」

「ふむ、おまえは私を驚かせたいらしいがな」しわがれた、聞き苦しい声だった。「外出は禁じる、スザンナ。私のことはともかく、おまえには子供の世話があるはずだ」

「お父様、お願いよ。何もかも台なしにしないで」感情が一気にあふれ出る。「口論はしたくないけど、私はもう大人なのよ。私がお父様やチャーリーを家に残して出かけることなんて、めったにないでしょう?　ニックに話があると言われたの。知らんふりはできないわ」

「いったいなんの話があるというのだ?」マーカスは吐き捨てた。「あいつは危険な男だ。生まれた国にさっさと帰ればよかったんだ」

「私たちはみんなよその国から来たのよ、お父様。この国に最初から住んでいたのはアボリジニーだけだわ」

父は娘の言葉を無視した。「私が反対しても気にしないというわけだな」

「ええ」スザンナはあえて認めた。「今度こそ気にしないわ。私はニックを愛していたのよ、お父様。心から愛していた。私たちは結婚するはずだった。二人はお互いのために生まれてきたのに、お父様とマーティンがすべてをめちゃくちゃにしたんだわ」

「ああ、いったいなぜ、財産をなくしてしまったのだろう」娘の非難に返す言葉もなく、マーカスはうめいた。「まったく、なぜマーティンをあそこまで信頼してしまったのか……」

「言ったでしょう、彼が同族だったからよ。特権階級の人間だったからだわ」

「だが後悔はしていない」マーカスの目が光った。

「残念だわ、お父様」

それでおさまったかに思えたが、あと三十分でニックが来るというころ、再び父親とのいさかいがあり、スザンナはこんな状態でチャーリーを父親に預けていくのは無理だと判断した。

父は相当みじめな思いをしているに違いない。私が本当の意味で父に反抗したのは初めてだもの。ある意味で、父は最悪の父親だったのかもしれない。もしかすると今だって、私を引き止めるためにけんかを仕掛けたとも考えられる。チャーリーが不安な状態では、ニックに会いに行くことなどできないのだから。

チャーリーを寝かしつけたあと、スザンナはポーチに出てニックを待ち、車が目に入るや門に向かって駆けだした。

ニックの車が止まると、彼女はすぐさまドアを開け、助手席に乗りこんだ。ニックの体の中で暗い欲望に火がついた。けれども車内灯をつけた瞬間、彼はスザンナの異変に気づいた。

「何かあったのかい?」結んである彼女の髪をほどこうと手を伸ばしかけて、ニックはふと思い直した。今のままのほうが、顔がよく見える。

「ニック、一緒には行けないわ」声がかすかに震えた。体も震えている。スザンナはニックの存在感の大きさにおののくと同時に、父が何をしでかすか不安でならなかった。

「行けないのかい? それとも行く気がなくなったのかい?」ニックは皮肉たっぷりに尋ねた。

「父を残して出かけられる状態ではないの」スザンナは静かに答えた。

ニックは冷笑した。「どうも要領を得ないな。何しろ、この世で君のお父さんほど人を自分の意のままに操るのが得意な人間はいないからね。そういうのは悪いことなんだぞ、スザンナ。我慢するべきものではない。どうして、君と哀れなマーティンは逃げださなかったんだ? 独立したいとは思わなかったのか?」

真実を容赦なく突きつけられ、スザンナは打ちのめされた。「そう、そのとおりよ」マーティンを愛さなかったことについては、神の許しを乞うしかない。だが、彼女にはベルモント・ファームの魔法があった。計りしれない慰めを与えてくれる馬たちがいた。毎日のように散歩する葡萄畑があった。そして愛娘も、母と同じく、ベルモント・ファームを心から愛していた。だから私は出ていかなかった。出ていけなかった。マーティンもそう。父から受ける恩恵に執着していた。気前のいい給料。地域で一、二を争う壮麗な屋敷を我が家と呼べる特権。

「誇り高いスザンナは、いったいどこへ行ってしまったんだ？」ニックは嘲るようにきいた。

「もう行かなくちゃ」スザンナはこみあげる彼への思いと必死に闘った。

ニックは手を伸ばして彼女の手首をつかんだ。なんという細さだろう。「そんなに神経質になっている理由を聞かせてくれ」

「なぜだと思う？」スザンナはかっとなって言い返した。「私は夫を亡くしたばかりなのよ。夫は交通事故で死に、同じ車には愛人が乗っていた。私は家も失った。先祖代々住み続けてきた家を。父は心臓発作で倒れ、財産も失った。それでもあなたは、私が神経質になっている理由を尋ねるわけ？」

「そんなことはわかっているさ。僕が知りたいのは、なぜ今夜そこまでぴりぴりしているのか、ということだ」

「父は今もあなたを憎んでいるわ、ニック」スザンナは打ちひしがれて言った。

ニックの顔がこわばった。「その理由を、君も心の底では知っているはずだ。君の母親はマーカスを捨てて逃げた。だから彼は、君には絶対に同じことをさせまいとしているんだ」

彼の言葉はかぎりなく真実に近い、とスザンナは思った。「父はいつまた発作を起こすかわからない。そのことを考えるだけでぞっとするの」

「スザンナ、それは君の責任じゃない。お父さんは充分にいい人生を生きたはずだ。医者にたばこと酒を減らすよう忠告されたとき、腹を立てて言うことを聞かなかったのは彼自身だ。君が責任を負わなければならないのは、もっと重大で卑劣な詐欺行為のほうだ」ニックはじっとスザンナを見つめた。

「なんのこと?」彼女は手を振りほどこうとしたが、無駄だった。

「わかっているはずだ。僕が文明人でなかったら、君の喉を絞めているところだぞ」

スザンナは恐怖に駆られた。心臓が早鐘を打ちだす。「あなたにそんな暴力的なところがあったとは知らなかったわ」

「僕だって知らなかったさ。娘の顔を見るまではね」

ニックの口から放たれた決定的な宣告から逃れたい一心で、スザンナは激しく身をよじり、嘲笑(ちょうしょう)した。「それで私と話をしたいと言ったの? チャーリーが自分の娘だと思ったから?」

「思ったんじゃない。シャーロットは僕の娘だ」身の毛もよだつような声だった。「僕の母と同じ名前で、同じ色の瞳を持つ、僕の娘だ。さまざまな色合いに変化する、あのすばらしい青緑色の瞳。形もそっくりだ。スザンナ、本当に誰も気づかなかったのか?」

スザンナは身震いした。「マーティンのきょうだいのことを忘れたの? シェリダンの瞳も同じ色だわ」

彼女をつかむニックの手に力がこもる。「僕はあのたぐいまれな瞳のことを言っているんだ、スザンナ。母の家系に代々受け継がれてきたあの瞳。マーティンのきょうだいのことは覚えているが、あれほど強烈に人の目を引きつける瞳ではなかった。シャーロットは顔の形も、髪の色も、長い手脚も君にそっくりだが、目だけは僕の母から受け継いだんだ。その事実からは逃れられない」

「いずれにせよ、私はもう行くわ」スザンナが激しく首を振ると、横髪がほつれて前に垂れた。「あなたはひどい勘違いをしているようだけど、チャーリーはマーティンの娘ですから」

「まだしらを切るつもりか」ニックは冷ややかに怒りをぶつけた。

「子供が欲しいからといって、他人の子を取りあげるつもり?」そう言って彼を見つめたが最後、スザンナは彼の瞳の魔力にとらわれてしまった。

「僕の子でもある。僕をだませると思うな。シャーロットは自分から僕の腕に飛びこんできたんだ。なぜだと思う？　君はそのことを考えてみたのか？　あのとき僕のジャケットについた彼女の髪の毛は、封筒に入れて保管してある。ＤＮＡ検査のことは君も知っているはずだ。髪の毛一本あれば、シャーロットが僕の子だと主張するには充分なんだ」

「正気の沙汰とは思えないわ」スザンナの声がうわずった。

「いったいなぜだ？　正気じゃないのは君のほうだ。よくもこんな見えすいた芝居を」彼は容赦なく指摘した。「いったいなぜだ？　どうしてこんな仕打ちを？　君は僕のかわいい娘を何年も隠し続けてきたんだぞ。君は僕の心の痛みをわかっているのか？　僕はあの子の生まれる瞬間を見逃した。あの子の赤ん坊時代も見逃した。よちよち歩きのころから今のような美しい少女に成長するまで、すべての月日を見逃してしまったんだ。その間、僕はずっとひとりだった」

「ひとり？」スザンナは言い返した。「新聞や雑誌を見るかぎり、必ず女性がそばに控えていた。あなたはビジネスに成功して億万長者になり、今やベルモント・ファームだって買える身分だわ」

「そのために馬車馬のように働いた」ニックの瞳に怒りの炎が燃えた。「そのために高い代償を支払ったんだ」

スザンナは顔をそむけた。「チャーリーはあなたの娘ではないわ」

「まったくみごとな役者ぶりだな」ニックは口もとに皮肉な笑みを浮かべた。「いったい誰をかばっているんだ、スザンナ？　自分かい？　不名誉なことをしでかしてしまったから？　チャーリーが自分の子ではないと知って、マーティンはさぞみじめな思いをしただろうな」

　革の匂(にお)いが立ちこめる静かな車内に、スザンナの怒りの声が響き渡った。「結婚生活を通じてただの一度も、マーティンはそんなことを口にしなかったわ」

「つらすぎて言えなかったんだ」ニックも負けてはいなかった。「君のお父さんだってそうだ。ずっと疑念をいだいていなかったと、誰が証明できる？」

「やめて」スザンナは彼をにらんだ。青白い顔の中で、紫色の瞳が宝石のように輝いている。「チャーリーは私の娘よ。鏡を見ているみたいにそっくりだわ。父は目に入れても痛くないほどのかわいがりようよ」

「確かに、あの子は君の娘だ」ニックはうなずいた。

　納得してくれたのかしら？　スザンナは希望をいだいた。「ニック、もう家に戻らなくちゃ。こんな話は終わりにしましょう」

「チャーリーを自分の父親に任せておくのがいやなのかい？」ニックが鋭く尋ねた。

「今は孫の面倒を見られる状態ではないのよ」

「あの子はもう寝ているんだろう？」彼は家の明かりに目をやった。「なんなら、このまま車を出そうか？」

「お願い、やめて」スザンナは気弱になり、彼の腕をつかんだ。

「たぶん、今日はずっと言い争っていたんじゃないのかい？　君がどんなにお父さんの影響を受けやすいかは、誰よりも僕が知っている。どうして独立しないんだ？　マーティンは本当に、君に一セントも遺さなかったのか？」ニックは軽蔑をたっぷりこめて尋ねた。

「彼はあまりに多くの過ちを犯してしまったのよ」簡単には説明できない。

「君と結婚したことに比べればなんでもないさ」彼は容赦なく指摘した。「君に愛されない痛みに耐えられなくなって、ほかの女性と過ごすようになったんじゃないか？」

スザンナの目に涙がこみあげる。「そんなふうに言う資格は誰にもないはずよ」

「僕にはある」拒絶、屈辱、喪失感。ニックの喉もとにそれらの感情が一気に押し寄せた。

「なぜ男性はそうも支配したがるの？」スザンナは尋ねた。「女性を力で支配しようとする。結局は父とあなたの力比べだわ」

ニックは彼女の高貴な顔だちに見入った。「そう思いたければ思うがいい。確かに始まりはそうだった。僕を成功への道に駆りたてた理由はそれだった。僕を不当に扱ったやつらを苦しめるために、金が必要だった。莫大な金が。だが、復讐とは酸のようなもので、魂をむしばむ。復讐は果たしたけれど、むなしいだけさ。あまりにも多くの出来事が起こってしまった。君のお父さんは認めたくないだろうが、彼はもはや僕の相手ではない。僕らをチェスの駒のように操る力はない。マーティンも死んでしまった。哀れで不幸なマーティンは、君を愛する運命を背負っていた。君は嘘と過ちで人生を台なしにしてしまった。そして僕は……。我が子の顔を見て、心臓を突き刺される思いがしたよ」

ニック自身からその言葉を聞くのは耐えられなかった。スザンナは追いつめられた気がした。「違うと言ったでしょう」声がかすれる。なぜここまで苦しまなければならないのだろう。ニックの嘆き。耐えがたい非難。助手席にとらわれの身となったまま、彼女は我が身を底なし沼にでも投じたい衝動に駆られた。

「君は嘘をつかない人間だった」

ニックに顎を強くつかまれ、スザンナは痛みを感じた。

「正直になるんだ、スザンナ。そうすれば道は開けるかもしれない」

「だから言ったでしょう。放してよ、ニック」スザンナは取りつく島を与えなかった。

「私だって大変だったのよ。これ以上傷つきたくないの。私たちが関係したのはたったの一度きりじゃない」たったの一度きり！　なのに、彼と分かち合ったあの嵐のような数時間は、毎日のように私につきまとって離れなかった。マーティンに抱かれているときでさえ、私はニックの名前を叫ぶのではないかと恐れていた。

「一度関係すれば充分さ」ニックはにべもなく指摘し、彼女の頬のカーブをてのひらでなぞった。さらに顎から細い首筋へと愛撫の手を進めていく。

彼の自制心が今にも壊れそうなのを感じ取りながら、スザンナはすみれ色の澄んだ瞳で真っすぐに彼を見つめ返した。

「君が欲しい」言葉は勝手にニックの口からこぼれ出た。絶対に口にしたくなかったのだが。「性の欲望を知って以来、ずっと君が欲しかった」

「だから代わりに別の女性と寝たの？」スザンナは皮肉った。

「だが、得られたのはつかの間の快楽だった。頭がおかしくなりそうなほどの欲求に駆られたことは一度もない」ニックは親指で彼女の顎のラインをなぞった。「愛が憎しみと共存できると思うかい？」わざとらしく甘い声でささやく。

「私を憎んでいるのね」スザンナは彼の手首をつかんだ。後悔の念がわきおこる。

「君の仕打ちは私を憎んでちょうだいと宣言したも同然だ。悔やんでも悔やみきれない」痛み、怒り、幻滅。「君は僕にとってこの世のすべてだった。なのに君は、マーティン・ホワイトのために僕を邪険に扱った。思えばマーティンも哀れだ」

「マーティンを愛していたのよ」事実を認めるのは耐えられなかった。

「君が愛したのは金と特権的な地位だけさ」ニックは鋭く指摘した。「君が愛したのはベルモント。君は何よりもベルモントが欲しかったんだ。僕と駆け落ちしていたら、君はベルモントを相続できなかっただろうからね」スザンナの黒い髪がニックの手に触れた。サテンのようにつややかで、ほのかに香る豊かな髪。

「今さら過去にこだわっても得るものはないわ」スザンナは悲しみに満ちた声で言った。車内灯のやわらかな光が彼女の肌を微妙なアプリコット色に染めている。

「過去を切り捨てることはできないよ」ニックはスザンナから手を離そうと努めた。しかし、彼女はあらゆる欲望の象徴だった。胸の内にどうしようもない飢餓感が広がる。檻から出ようと必死に暴れる野生の獣のように、欲望は彼の胸を内側から激しく突きあげた。

しなやかなキャミソールの胸もとから、薔薇のような白いふくらみがのぞいている。彼女がブラジャーをつけていないことに気づいたニックは、藤色の陰を帯びた胸の谷間に手を忍ばせる自分を想像した。彼女の胸をなまめかしく包み、野いちごのような胸の頂をもてあそぶ自分を。あたりを焦がさんばかりの欲望の炎に、彼を取り巻く世界がぐるぐるとまわりだした。

あの晩、僕の隣に裸で横たわっていたスザンナ。美しい肢体は月光を浴びて銀色に輝いていた。戸外ではゴムの葉が夜風にこすれ合い、開け放した窓から、星くずをちりばめた夜空が見えた。彼女の香りを間近に感じ、互いに満たされ、幸福感に酔いしれながら、並んで横たわっていた。まさに天国にいる心地だった。スザンナは僕を拒まなかった。彼女は僕を愛していた。子供だった僕を愛し、大人になった僕を愛した。それはどちらにとっても初めての体験だった。僕たちは決定的な一線を越えた。愛の営みは命そのものだった。命。

あの晩の輝かしい愛の儀式の中で、僕は新しい命を彼女の中に植えたのだ。

霞（かすみ）がかかった意識の中で、ニックは自分を抑えるのをやめ、スザンナのうなじをつかんで自分の顔に近づけた。それだけで彼のほろ苦い夢想は満たされた気がした。

ニックは、もはや自らの飢えと所有欲を隠そうともせず、スザンナにキスをした。ピンで留めた美しい蝶（ちょう）。誰がなんと言おうと、僕のものだ。

5

DNA検査の結果が出るのに、さして時間はかからなかった。絶対的な証拠だったが、そんなものに頼らずとも、ニックはチャーリーが自分の子供であることを本能的に知っていた。母親からハート形の顔を、祖母から青緑色の瞳を譲り受けた魅力的な少女は、彼とスザンナがついに情熱に屈したあの一夜の結晶だった。スザンナがマーティンと結婚し、チャーリーをマーティンの娘として育てたことを思うと、ニックの胸は張り裂けそうだった。

スザンナにはなんとしても答えてもらわなければならない。机の上に置かれた検査結果を記した書類を見つめながら、ニックは決して彼女を許せないと思った。チャーリーが生まれてから、すでに六年の歳月が過ぎてしまった。この六年間を、僕は一生あきらめきれないだろう。スザンナには、必要な証拠が手に入りしだいアッシュベリーに戻ると宣言してある。チャーリーの父親たる証拠を得たからには、僕たちの人生は大きく変わる。今度こそ、勝つのは僕だ。

彼が書類を手に取ったところへ、アドリエンヌが愛想のいい笑みを浮かべてオフィスに入ってきた。続いてべべも申し訳なさそうに姿を見せた。ニックは手にした書類を机に戻し、別の書類で覆った。表情で制しようとするべべを無視し、アドリエンヌはつかつかと彼のもとへ歩み寄った。

「ありがとう、べべ」ニックは笑顔でうなずいた。

「どうしても会いたかったのよ、ニック」アドリエンヌの言葉にはフランスなまりがある。

「べべならきっとシークレットサービス以上にあなたを守ってくれるでしょうね」

「それが私の仕事ですから」べべは言った。彼女はアドリエンヌを快く思っていない。華やかで洗練された女性だが、ニックのことしか眼中になく、同性相手には時間を割くのも惜しいと思っている節がある。というより、成功した人間にしか興味がないのだろう。

べべが退室すると、アドリエンヌはニックの頬にキスをした。「一週間も電話をくれないんだもの」彼女は口をとがらせた。

「忙しかったんだよ」ニックはさりげなく弁明した。「グラントレー・ステーブルズのプログラムの件でね」グラントレーは彼の友人で、父親から相続した事業の一大改革を決意している。

「そうだと思ったわ」アドリエンヌはため息をついた。「あなたは働きすぎよ」彼女はニックのつややかな黒髪に手を触れた。「ランチを一緒にというのは無理かしら?」

「いいや」断るのは忍びない。今後の身の振り方について、ニックはアドリエンヌにきちんと話そうと思った。彼女は傷つくだろうが、これまでも将来の約束と受け取られるようなことは口にするまいと用心してきた。二人は単なる友人だし、ニックがときおりほかの女性とも会っていたことは、彼女も知っている。

だが、終止符を打つときがきた。いだき続けてきたスザンナ・シェフィールドへの熱い思いは、ついに報われようとしているのだ。

「よかった!」アドリエンヌはほっとしたように顔を輝かせた。「べべの防御を突き破ってやってきた甲斐があったわ」

「それはそれは」ニックは立ちあがった。「僕の仕事のことは誰よりもべべがよく知っているからね。彼女には頼りっぱなしさ」

「そうでしょうね、ダーリン」べべ・マーシャルが小太りの中年女性でつくづくよかった、とアドリエンヌは心から感謝した。

「そうだ、彼女に伝えることがあったんだ」ニックはふと思い出した。「ちょっと待っていてくれないか、アドリエンヌ。すぐに戻る」

オフィスを出ていくニックの後ろ姿に、アドリエンヌは見とれた。なんてすてきなのかしら。背が高く、上半身はみごとな逆三角形を描いている。高価なスーツも優雅に着こなし、申しぶんない。アドリエンヌは彼のすべてが気に入っていた。もちろん、服をすっかり脱ぎ捨てた姿も！　力強さと優雅さの奇跡的共存。何も身に着けていないニックを想像しただけで、アドリエンヌの体は熱くほてった。

そのとき、ある書類がふと目に留まった。

何かしら？　アドリエンヌは息をのみ、書類の下に差しこまれた別の書類を見ようとして身をかがめた。秘密厳守の印が押してある。ＤＮＡ検査に関する内容らしい。その書類がなんらかのトラブルにかかわっていることを、アドリエンヌは直感した。いったん読み始めると、途中でやめるのは不可能だった。彼女は書類の内容をすっかり読んでしまった。冷たい恐怖が蔓のように体を伝い、彼女の心臓をつかんだ。だめよ、ニックを失うわけにはいかない。絶対に耐えられない。彼のような男性がほかに見つかるはずないもの。あれだけハンサムで、頭がよくて、財産を持った男性はめったにいない。でも、彼には子供がいるんだわ。

母親は考えるまでもない。

ランチを食べるニックの態度はそれをほぼ裏づけていた。アドリエンヌは激しい怒りに駆られたが、彼がこの先どうするつもりか、とりあえず本人の話に耳を傾けることにした。もしニックが私に背を向ける気でいるのなら、誰かに痛い目を見てもらわなければおさまらない。

「あなたとはすてきな時間を過ごさせてもらったわ」彼女はニックに告げた。「一緒にいて、とても楽しかった。でも、あなたが完全に心を開いてくれているわけではないと薄々感じていたわ」彼女は静かに、感情をこめて話し続けた。「なんらかの事情で、思い続けていた人と結婚できなかったのね。そして、ひどく傷つけられた……。そういうことは、私には打ち明けてくれないの？」

ニックはあの魔法のような笑みを浮かべた。「人は誰でも小さな秘密を抱えているものさ。心の中に鍵をかけて、しまってある秘密がね」そう言って、彼はわずかに顎を上げた。

これ以上首を突っこむなという警告かしら？　けれども嫉妬心にあおられて、アドリエンヌはさらに突き進んだ。「お葬式のときに話していた女性、亡くなったのはたしか、彼女のご主人だったわね」

「アドリエンヌ、その話はもうすんだはずだ」

「彼女を愛していたのね？　お願いよ、ニック、私を締めださないで。私はあなたを助けてあげたいだけなの」

「僕に君の助けが必要だとは知らなかったよ」ニックはやんわりと忠告し、ワイングラスを口もとに運んだ。

「誰だって助けは必要だわ」彼女は心から気遣うようなそぶりを見せた。「あなたがいなくなってしまうなんて寂しすぎるわ。でもたぶん、あなたは私の人生から姿を消してしまうのね」

ニックの心に深い同情がこみあげた。「ずっと友だちでいることはできるだろう、アドリエンヌ？　もともと僕たちは結婚を前提としたつき合いではなかった」

「わかっているわ。でも、一緒に過ごす時間が長くなればなるほど、私たち、うまくいくようになってきたと思わない？」

これ以上ずるずるとアドリエンヌに気を持たせるわけにはいかない。ニックは身を乗りだし、彼女の手を取った。「アドリエンヌ、君に僕との結婚を期待させたつもりはなかった。ただ、君といると楽しかったものだから。僕にとっては、とても大切な時間だった」

「要するに、ベッドの問題だったんでしょう？」アドリエンヌの口調は知らず知らずのうちに非難がましくなっていた。

ニックは激しく首を振って否定した。「それだけじゃない。自分をおとしめる必要はない。君はとても魅力的だし、知的で経験豊富な女性だ。僕のことなど、きっとすぐに忘れてしまえるさ」

「私が一生再婚しないとでも思っているの？」彼女は大声で叫びそうになるのをかろうじて抑えた。

「そんなことはない。君ならふさわしい男性がいくらでもいる。傷つけたのなら謝るよ。だけど僕は、君にふさわしくない」

「ほかに愛している人がいるからね？」アドリエンヌは食い下がった。このまま素直に別れる気はなかった。「あの夫を亡くした女性ね。どうして彼女と結婚しなかったの？」

「それについては誰にも話せない。僕にとってひどく不幸な時期だった」

「それじゃあなぜ、そこへ帰るの？」

「まだ終わっていないからさ」

つまり、あの彼女を愛していると認めたわけね？ 必要な情報をなんとしても手に入れよう、とアドリエンヌは決意した。


真実を父に告げるべきかどうか、スザンナは何日も迷い続けた。チャーリーはニックとの間にできた子供。彼女には初めからわかっていた。あの輝かしい交わりが愛の結晶をもたらさないはずはなかった。

スザンナは、吐き気が続いていた当初、ニックの母親であるシャーロットに相談しようと思った。けれどもたび重なる不幸のせいで充分に苦しんでいたシャーロットは、スザンナに会おうとしなかった。スザンナが息子の子供を身ごもっているなどとは、思いも寄らなかったのだろう。だいいち、スザンナはすでにとてつもない災いをニックにもたらしていた。拒絶されても仕方がなかった。

結局、スザンナはマーティンとの結婚を選択した。マーカスはまるで命にかかわるかのような勢いで、二人をせきたてた。娘が妊娠していることなど、父親は知る由もなかった。

スザンナは誰にも言わなかったし、妊娠七カ月になるまでは、外見からはわからなかった。そのころには、父とマーティンはシェフィールドとホワイト家の跡取りの誕生を心待ちにしていた。

そして、チャーリーを腕に抱いた瞬間から、マーカスは孫娘に夢中になった。マーティンはチャーリーを我が子と信じていたが、本当の意味で親子らしい関係を娘と結ぶことはなかった。チャーリーの幼児期を通じて、マーティンはほとんど娘と遊ばなかった。娘に手を差し伸べることができない、あるいは愛情を示せないようだった。だからといって、娘につらく当たったわけではない。マーティンは、無意識のうちに、妻の産んだ子が自分の子供ではないと知っているかのようだった。だが、たとえ知っていたにしても、疑念を口にすることはできなかっただろう。マーティンの家族もチャーリーを心からかわいがり、訪ねていくたびに大歓迎してくれたからだ。真実を口にできなかった理由は、数えあげればきりがない。

そして今。

真実を告げたら、父は再び発作に襲われるかもしれない。スザンナは苦悩した。だめ、父に打ち明けるわけにはいかない。ひょっとすると、チャーリーにつらく当たるようになるかもしれない。家出したスザンナの母を含め、父はこれまでにも多くの人々を拒絶してきた。マーカス・シェフィールドは決して自分の負けを認めない人間だった。

あれこれ考えながら、スザンナは美しい雌馬のジプシーに乗り、川沿いの涼しい木立の間を駆けていた。彼女はジプシーを心底愛していた。背にまたがるだけで、心が休まった。木立を抜けると、スザンナはジプシーの首にしがみつき、馬が勢いよく走るのに身を任せた。さわやかな風が香りを運んで体を通り過ぎ、馬上のスザンナにごくわずかな抵抗をもたらす。彼女はこのうえない喜びに身をゆだね、金色に輝く草地を一心に駆け続けた。ジプシーは彼女の言うことならなんでも聞いた。すばらしい馬だった。ジプシーは現在、シュレーダー家の農場に預けている。報酬はいっさい受け取ろうとしなかった。

〝あなた方にはずいぶんお世話になった。今度はこちらがお返しする番ですよ〟ミセス・シュレーダーは静かに言った。実際には、スザンナは自分が彼らにどんな世話をしたのかよくわからない。しかし、マーカス・シェフィールドの下で働いてきた人々にとって、スザンナが折々に示す温かい心遣いは、父の高慢な態度を埋め合わせるに充分だった。

町の住人の多くは、マーカスの不幸にそれほど心を痛めていない。彼はあまりに高圧的で、人を見下したところがあったからだ。けれどもスザンナは違った。生きる喜びにあふれていた。そう、マーティンと結婚するまでは。

結婚してからの彼女はめっきり口数が減り、かつての輝きも色あせた。名家どうしでまとまるために父親が強制した結婚であったことは、多くの人が知っていた。青年ニック・コンラッズが一夜のうちに町から姿を消したとき、悪魔との取り引きが交わされたに違いない、と人々はなんとなく察していた。そして今、マーティン・ホワイトの葬儀に引き続き、チャーリーの学校近くでもニックの姿が目撃されていた。ニックがベルモント・ファームの新しい所有者になったことはまだ誰も知らなかったが、噂は広がりつつあった。ハンス・シュレーダーも、妻と話していた。かつてマーカスにひどい仕打ちを受けたニックは、復讐の天使よろしく舞い戻ってきたのだ、と。

事実、それはとんでもない空想というわけでもなかった。

アドリエンヌはただちに私立探偵を雇い、二日間でかなりの情報を得た。ハイスクールから大学時代を通じて、スザンナ・シェフィールドとニック・コンラッズは片時も離れないほどの仲であることがわかった。スザンナの父は快く思っていないらしかったが、町の人々の大半は、二人の結婚は時間の問題と感じていた。

一方、マーティン・ホワイトがスザンナに好意を寄せていることも周知の事実だった。マーティンもまた、つねにスザンナの身近にいた。ニックが勉強を続けるためにシドニーに残り、スザンナが先に帰郷してからは、マーティンと彼女はいっそう親しくつき合った。ただし、スザンナが心変わりしたわけではない。マーティンとそのきょうだいは、彼女にとって単なる幼なじみにすぎなかった。

すばらしい成績で大学を卒業したニックが町に戻ってまもなく、奇妙な事件が起こった。

その直後、ニックは再び町を出た。

スザンナのハイスクール時代の友人によると、スザンナは父とニックの不仲に心を痛め、よく泣いていたらしい。あるときなど、すっかり絶望して、私の人生は父の意のままだ、と嘆いたという。

ニックが奇妙な形で姿を消し、ほどなくスザンナがマーティンと結婚したことを、町の人々は忘れていなかった。調書には、マーカスが初孫であるシャーロット・マリー・ルイーズ・シェフィールド・ホワイトの誕生を祝って盛大なパーティを開いたことも書かれ、マーティンの悲劇的な死についても言及されていた。

ほとんどの人々は、特に頼まずとも口を開いてくれ、あたかも彼ら自身、事の真相を知りたがっているかのようだったという。

アドリエンヌは報告書をじっくり読み、頭にたたきこんだ。そのうえで、自分の計画を成功に導く最も有力な人物はマーカスだろう、と結論づけた。彼はニックを憎んでいる。孫娘の父親がマーティンではなくニックだと知ったら、どんな反応を示すだろう。マーカスが病の身であることなど、アドリエンヌにはどうでもよかった。彼女のねらいは、可能なかぎり大きなトラブルを引き起こすことにあった。

それから一週間とたたないある日。

マーカスは午前中の郵便物を取りに郵便受けまで歩いていった。いつもならスザンナの役目だが、その日は町へ買い物に出ており、帰ってくるのは昼過ぎだった。

手紙はほとんどがスザンナ宛だった。今もあちこちから悔やみの手紙が届く。一通だけあった自分宛の手紙を、マーカスはポーチに戻ってから読むことにした。ポーチの白い柱には、ジャスミンの花がからみつくようにして咲いている。その花のよしあしはわからなかったものの、まぶしい日差しの中で、花の香りはあまりにも刺激的すぎた。

マーカスは、いつもの彼に似合わず、ためらいがちに封を切った。なぜか不吉な予感がしたからだ。

手紙はごく短いものだった。すべてが単純明快にしたためてあった。彼のすばらしい孫娘、母親に生き写しのシャーロットはニック・コンラッズの娘だ、と。匿名の差出人は、DNA検査の結果を見たという。あとは推して知るべしだった。

昔の彼なら、激しい憤怒に駆られただろう。マーカスは生まれて初めて、自分のしたことが恐ろしくなった。

スザンナは、ニック・コンラッズを深く愛していた。それなのに私は、娘の人生からコンラッズを抹殺し、娘が幸せになるチャンスを踏みにじったのだ。決して償うことのできない過ち。そして、マーティン。意志の弱い哀れな男は、スザンナを手に入れたいがために私の言うことを聞いた。青緑色の大きな瞳を持つ愛らしいチャーリー。本音を言えば、私はいつもその瞳の輝きにとまどいを感じていた。どちらの家系にも見当たらない特徴だったから。だが今、私は思い出した。小柄で物静かだったニックの母親の光あふれる瞳を。

マーカスは神に祈ろうとした。

しかし次の瞬間、激しい吐き気が彼を襲った。彼はよろめくように家の中へ入った。頭の中で奇妙な感覚がした。脳が溶けて蜂蜜（はちみつ）になっていくような、恐ろしい感覚。私はもう一度スザンナやチャーリーに会えるのだろうか？　マーカスにはわからなかった。なんとしても己の罪を洗い清めなければならないのに。


ニックは制限速度を無視して、アッシュベリー目指して車を飛ばした。電話をかけてきたスザンナは、かつて聞いたことがないほどヒステリックに彼を非難した。ニックからの手紙を読んで、父が再び倒れたという。ニックは一瞬、マーカスが息を引き取ったのかと思った。ショックととまどいに心臓が大きな音をたてていた。だがよく聞くと、マーカスは病院に運ばれ、集中治療室で手当てを受けているとのことだった。

〝よくもこんなまねができたわね〟スザンナは悲痛な声でなじった。〝それほど私たち父娘（おやこ）を憎んでいるの？〟

否定しても無駄だった。手紙など送っていない、僕はそういうやり方はしない、と訴えても、彼女は聞く耳を持たなかった。ニックは仕方なく、そちらへ向かう、と告げた。

〝あなたにできることなんて何もないわ。すべてはあなた自身が仕組んだくせに！〟スザンナは乱暴に電話を切った。

今度こそ絶対に濡れ衣をかぶるわけにはいかない。動揺し、不可解な思いにとらわれながらも、ニックは心に誓った。誰かが危険なゲームを始めようとしている。ＤＮＡ検査のことを知っている誰かが。会社の人間は自由に彼のオフィスに出入りできるが、社員がそんな行動に出るとは考えられない。ベベは百パーセント信用が置ける。ひとりひとり検討していくうちに、彼はアドリエンヌに思い当たった。嫉妬におぼれたアドリエンヌが、僕にふられて恥をかかされたと感じたら？　まさか彼女がそんなばかなまねを……。だが、僕はこれまで、怒りのせいで人格が一変し、恐ろしい過ちを犯してしまった人々を大勢見てきたではないか。

夕闇があたりを包むころにコテージへ着くと、見知らぬ女性がドアを少しだけ開き、ためらいがちな笑みを浮かべた。

「何かご用ですか？」

「ミセス・ホワイトに話があるんです」ニックは丁寧に申し出た。「ご在宅ですか？」

「あいにく留守です」

女性はそこまで言って家の中を振り返った。廊下から小さな足音が聞こえてくる。

「大丈夫よ、チャーリー。私が出るから」

「でも、ミスター・コンラッズだもの」少女が言った。「ミスター・コンラッズなら、ママはきっと入っていただきたいと思うはずよ。仲のいいお友だちなの」

「まあ、そうだったの」近所に住むビヴァリーは、比較的最近この町へ越してきたばかりだ。彼女がドアを完全に開くと、チャーリーはポーチに立っているハンサムな男性めがけて駆けだした。ビヴァリーの目には、男性はごくきちんとした人物に見えた。全身から富と権威がにじみ出ている。

「チャーリー、大丈夫かい?」ニックの顔に笑みが浮かぶ。我が子の顔を見たとたん、心の荷が軽くなった。

「私は大丈夫だけど、ママが大変なの」チャーリーは小声で打ち明け、ニックの手を取った。「中へ入って待ちましょう」

「そうね、そうしてくださいな」つぶやいた隣人は子供にお株を奪われたような格好になった。彼女は脇(わき)にのき、チャーリーと訪問者を通した。「スザンナも家に向かっているところです」彼女はニックに話しかけた。「何か飲み物でもお持ちしましょう」

彼は感謝のまなざしを向けた。今日は朝から何も食べていない。「できればブラックコーヒーを」

「承知しました」彼女は二人を居間に残し、立ち去った。

「おじい様がまた病気になってしまって」チャーリーはソファに腰を下ろした。「救急車で病院に運ばれたの。私は学校にいたんだけど」

「大変だったね」彼は娘を見つめすぎないように、優しく言った。誇りに胸がふくらむ。なんてきちんと話せるのだろう。賢い子だ。

「私、学校でよくからかわれるのよ」少女の声には悲しみがにじんでいた。

ニックは顔をしかめた。「どんなふうに？」

「私たちがお金をすっかりなくしてしまったことは知ってる？」

ニックは無意識のうちに少女の手を取った。「この世はお金がすべてじゃないよ、チャーリー。本当に大切なものは、君の頭と心の中に入っている。でも、ベルモント・ファームから離れて暮らすのは悲しいだろうね」

チャーリーはうなずいた。ニックが握った手を引っこめることもなく、手をつないだまま安心しきって座っている。「ママが、ベルモントはあなたのものになったと教えてくれたわ」

「大事にするよ」彼は穏やかに告げた。「君が遊びに来てくれたら、とてもうれしいんだけどな。そうしたら、一緒に馬に乗れる。ポニーを持っているんだろう？」

「レディっていうの」チャーリーは満面に笑みをたたえた。「ミスター・シュレーダーを知ってる？」

「知っているよ。以前、彼のところでたくさん仕事をしたからね」

「ジプシーを預かってくれているの。ママの馬よ。レディもミスター・シュレーダーの農場にいるわ。シュレーダーおじさんはとてもいい人なの。奥さんもとってもすてきだし。ニックはベルモント・ファームに住むの？」少女はうれしそうに尋ねた。

「住むことはできないんだ」ニックは答えた。「シドニーで働いているからね。だけど週末にはベルモントで過ごしたいな」

「泊まりがけだとうれしいわ。またシュレーダーおじさんを雇うの？」

「そうしたほうがいいと思う？」ニックもソファに腰を下ろした。

「もちろんよ！　彼は葡萄やワインのことならなんでも知っているんだから。息子さんは町議会で働いているの。本当ならワインを作らなきゃならないのに。ママがそう言っていたわ。ママはシュレーダーおじさんたちがベルモントで働けなくなったのがとてもつらいのよ」

「僕に任せておくれ」ニックは娘の目を見つめ、ほほ笑んだ。

「きっと力になってくれると思っていたわ」チャーリーはうれしそうに言った。

　ほどなくして戻ったスザンナは、ニックの車に気づくや、激しい怒りに耳たぶまで赤く染めた。

　なるほど、本当に来たのね。それがニックのやり方ではなくて？　やると言ったことは必ず実行する。私とお父様に復讐を果たしたように。

スザンナは急いで車を降り、乱暴にドアを閉めた。今ごろきっと、彼は家の中でくつろいでいるに違いない。たったひと目で娘を魅了してしまった彼だもの、心優しいビヴァリーが拒むのは不可能だ。

玄関にたどり着くと、チャーリーが出てきた。ビヴァリーも後ろに立っている。母にうれしい知らせを伝えようと、チャーリーの顔は喜びに輝いていた。

「ママ、ミスター・コンラッズがいらしているの」チャーリーは興奮して報告した。「おじい様の容態を心配して見えたのよ。おじい様の具合はどう？」

「まだ集中治療室にいるわ」スザンナは優しく告げた。「お医者様に手を尽くしていただいているけど、まだよくなったとは言えないの」

スザンナは必死で平静を装おうと努めたが、ビヴァリーは彼女の不安を察したようだった。「ほかにできることはないかしら、スザンナ？　お友だちと話す間、チャーリーをうちで預かりましょうか？」

願ってもない言葉だった。ニックが廊下に出てくるのに気づいて、スザンナは勢いよく振り返った。

「スザンナ」彼はむっつりと呼びかけた。「どうしても来ないわけにはいかなかったんだ」

チャーリーは母親の腰にしがみついた。「おじい様は大丈夫よね？」

「一緒にお祈りしなくてはね」娘の顔を見て、スザンナの表情もやわらいだ。「十分だけビヴァリーの家に行っていてくれないかしら。ミスター・コンラッズとお話があるの」

「私も一緒にいちゃだめ？」チャーリーは不安げにきいた。

「大丈夫、僕が迎えに行くよ」ニックは請け合い、少女のそばにやってきた。「お母さんと大人の話をするだけだ。心配することなど何もない」

ビヴァリーとチャーリーの足音が聞こえなくなるのを待って、スザンナは堰を切ったようにしゃべりだした。「ニック、あなたはいったい何をたくらんでいるの？　私の娘を取りあげようというの？」

「私のではなく、僕たちのだ」彼は自分の脇をすり抜けようとするスザンナの腕をつかんだ。「僕は手紙など送っていない、スザンナ。だがなんと書いてあったかは想像がつく。これ以上嘘で固めることはできないからな」スザンナのもらしたうめき声を、彼は無視した。「シャーロットは僕の子供だ。動かぬ証拠がある。君も知っているし、僕も知っている。君のお父さんも知っている。そして、なんらかの目的で真実を暴露した人物もわかっている」

「そんな話が信じられると思って？」スザンナは腕を振り払い、居間へ入った。

「信じたいように信じるがいいさ」ニックの口調が険しくなる。「だんまりを決めこんで真実から逃れるのは手っ取り早い方法だ。しかし真実というのは、最後には必ず明らかにされる。チャーリーは僕の娘だ。僕はあの子が欲しい」

やっぱりそうなのね。「私はどうなるの?」

「つまり、否定はしないんだな?」彼は鋭い視線でスザンナを凝視した。

「それだけの証拠を突きつけられて、どうして否定できて? あなたの証拠は父を打ちのめしたわ。家に帰ってきたら、父は意識を失って床に倒れていたのよ」彼女は痛みに細い体をよじるように動かした。

ニックは体全体を矢で貫かれたような衝撃を覚えた。「こんな事態になってとても残念だよ、スザンナ。でも僕がやったわけではない。それにお父さんがチャーリーのことを本当に愛しているなら、僕の子供だからという理由で拒絶するはずはない。チャーリーは幼いなりに一個の人格を持つ人間なんだ」

スザンナはふらふらと肘掛け椅子に座った。「父はたぶん、二度と孫に会いたがらないでしょうね。一命を取りとめればの話だけど」

ニックはしばし間をおき、自分の感情を押し殺した。「それは憶測にすぎないんじゃないのかな。お父さんはあれだけ君のことをかわいがっていたんだ。その気持ちはそのまま君の娘にも及んでいたかもしれない」

「それじゃあなぜ発作を?」スザンナはすみれ色の瞳で見あげ、答えを迫った。

ニックは彼女に近寄り、肘掛けに腰を下ろした。とたんに、スザンナの香りと存在が彼を包みこむ。「スザンナ、発作の再発はよくあることだ。もちろん、お父さんがショックを受けなかったとは言わないが」

「それで、その情報提供者はどこで情報を手に入れたの？」スザンナは挑むように尋ねた。

「当然、極秘事項だったはずでしょう？」

「そうだ」ニックは拳を握りしめ、彼女に手を触れたいのを我慢した。「心当たりはある」彼は張りつめた声で答えた。「僕に任せてくれ」

スザンナは痛烈に嘲った。「それで私が納得するとでも思うの？ そもそもあなたの管理がずさんだったから、極秘の書類を誰かに読まれたんじゃない。それがこういう結果を引き起こしたんだわ」

「心から後悔しているよ」彼女を抱きしめそうになる自分を、ニックは必死に制した。彼女を求める気持ちはとどまるところを知らなかった。

「父は死ぬかもしれないのよ」スザンナの目に宝石のような涙がこみあげた。

「今のような状態で生きながらえたいとは、本人も思わないんじゃないのかな」起きてしまったすべての出来事を悲しみつつ、ニックは静かに告げた。

スザンナははじかれたように立ちあがり、彼のそばを離れた。薄いシルクのブラウスの中で、二つのふくらみが揺れる。「あなたとなんか出会わなければよかった」彼女は激しい言葉を浴びせた。ふくれあがる感情を、もはやどうにもできなかった。「あなたなんか愛さなければよかった」

　ニックはスザンナのそばへ行き、後ろから抱きしめた。彼女の髪が彼の顎をくすぐる。

「人は誰でも後悔するものだ、スザンナ。君だけじゃない。僕の母だって五十代で死んでしまうことなどなかったんだ。絶望は人を死に至らしめるものなんだろうか？　物事を自分の立場だけから見てはいけないよ。お父さんの破滅を招いたのはお父さん自身だ。おそらくはマーティンも。彼は自分の過ちを告白せずにはいられなかった、と君も言っていたじゃないか。マーティンが事故に遭わなければ、僕は一生、チャーリーが自分の娘だとわからなかっただろう。君がもう少し勇気を出していたら、物事はずいぶん変わっていたかもしれないんだ」

　スザンナはニックの腕の中で勢いよく振り返った。その目は怒りに燃え、サファイア色の火花を散らしている。「調べてみたらどうなの？　ほかのことを何もかも調べあげたように。私だって精いっぱいやってきたわ。この数年間が私にとってどんなものだったと思っているの？」

　ニックはスザンナの興奮した美しい顔を見つめた。「だが、君はマーティンと結婚した。お父さんの支配から逃れようとしなかった」

「私のおなかにはあなたの子がいたのよ！」スザンナは怒りに身をわななかせた。

「僕に打ち明けるという手は思いつかなかったのかい？」ニックも譲らなかった。「僕と顔を合わせるのが怖かったのか？　スザンナ、僕は全身全霊で君を愛していた。決して君を見捨てたりはしなかった。それどころか、子供ができたとわかったら心から喜んでいた。わかるだろう？」彼はスザンナの細い肩をつかみ、揺すぶった。

「生活費はどうするつもりだったの？　あなたは大学を卒業した直後だったのよ」スザンナはふと、ニックを愛する一方で、彼を恐れている自分に気づいた。彼なら親権争いを引き起こすことも決していとわない。

「生活費の稼ぎ方くらい、子供のころから知っていたさ」ニックはばかにするように答えた。「母に頼る手もあった。僕たちを助けるためなら、母はあらゆる協力を惜しまなかったと思う。母から孫を奪ったことがどれほどの罪か、君はわからないのか？　しかもその子は、母と同じ目をした子供だ。それだけじゃない。チャーリーの笑い方、君に手を重ねるときのしぐさ」

　スザンナは後ろに逃れようとして首に力をこめたが、ニックは放さなかった。

「わかったわ、私は臆病者だった」彼女は怒りをぶつけた。「あなたのお母様に妊娠のことを話すべきだった。でも不安でたまらなかったのよ。父はショックでどうにかなってしまうかもしれない。あれほど私のことを自慢にしていたんだもの。出ていけと言うかもしれない。しかも、あなたのお母様は私に会いたがらなかった。はっきりと態度で示していたわ。息子が町を出ていかざるをえなかったのは私のせいだと」

「ほかにどういう態度のとりようがあったというんだ?」ニックはスザンナをつかむ手に力をこめた。彼女の乱れた息遣いが聞こえる。「君は母の信頼を裏切った。君のお父さんとマーティンのしたことは、卑劣きわまりない犯罪だ」

「でも、復讐はすんだでしょう?」自分でも耳をふさぎたくなるような言葉が、スザンナの口をついて出た。

「いや、すんではいないさ」ニックは警告するように目を細くした。「チャーリーのためを思えば、あの子を君から奪うことはできないのだからね。だが、君も僕からあの子を奪えない」

「それなら、どうするつもり?」スザンナは彼の目を凝視した。「私の評判をおとしめて、チャーリーにいやな思いをさせようというの? 今でさえ何人かの子にからかわれているのに?」

「答えは知っているはずだ」

「いいえ、はっきり言ってちょうだい」スザンナは毅然と顔を上げた。

「あと半年。それ以上待つ気はない。あと半年したら、君は僕と結婚する」

「私をこれ以上不幸にする気?」彼女はこばかにするように言った。どうしてこんな羽目になってしまったのだろう?

「チャーリーは僕のものだし、君も僕のものだ。僕は君たち両方が欲しい」

ニックの表情には、断固たる決意と共に、性への深い欲望が感じられた。「それがあなたの提案する妥協策？」スザンナは息をのんだ。

「何よりもチャーリーのためだ。あの子は僕のことをよく知らないにもかかわらず、すでに僕を大いに頼っている。僕は純粋にあの子を愛しているし、あの子を守り、包みこんであげたい。人生によかれと思うものすべてを、あの子に与えたい。あの子をベルモント・ファームに帰してあげたい。チャーリーと、やがて彼女が産むであろう子供たちのために。あの子を両親のそろった家庭で育てたい。君がそのうち再婚するのを指をくわえて見ているつもりはないからな」

「強制はできないはずよ」スザンナは言い返したものの、見せかけの怒りは果てしない切望にかき消された。「あなたがチャーリーの父親だとは証明できても、娘と一緒にいるためにあなたと結婚しなければならないなんて、そんなことを命じる法廷は世界じゅうどこを探してもないわ」

「スザンナ、僕を追い払おうとしても無駄だ。自分のとるべき道はわかっているはずだ。哀れなマーティンが罪の意識に苛(さいな)まれていたというなら、君だって自己の罪を真剣にとらえるべきだ。僕がチャーリーに真実を告げたら、君は困るだろう？」

スザンナは体の内側から熱が立ちのぼるのを感じた。「あの子に理解できるはずないでしょう？　まだほんの子供なのよ」

「完全に理解できるさ」ニックはいらだたしげに反論した。「だが僕も、時機が来るまで話すつもりはない。答える前によく考えるんだな。君は僕と結婚するんだ」

「とても質問には聞こえないわね」危うく声がうわずるところだった。

「そう、質問ではない。しかし答えてもらえるとうれしい」

「私を一生許さないと思っている相手と？」

「とんでもない。僕は君と娘を大切にするつもりだよ。君のお父さんが回復したら、お父さんのこともね」

　何もかも私のせい。当然の報いだわ。そんな思いをよそに、スザンナの口からこぼれ出たのは別の言葉だった。「あなたのせいよ、ニック」涙が頬を伝う。「あなたが私を置いていってしまったから」

「君こそ嘘をついた」ニックは言い返した。「ののしり合っても気持ちのいいものではないだろう？　取り引きの成立を記念してキスでもしようじゃないか」

　辛辣（しんらつ）な皮肉に、スザンナはさらに怒りをあおられた。「あなたをもう愛していない女性を、なぜ手に入れたがるの？」

「その点はなんとかなると思ってね」彼は穏やかに答えた。「愛と、ベッドを共にすることが違うのは知っているよ。だが後者に関しては、僕たちの間には今もかなり惹（ひ）かれ合うものが残っている。お望みなら証明してみせようか？」

その瞬間、スザンナは倒れそうな気がしたが、ニックの腕はしっかりと彼女を支えていた。私はなんてもろいのかしら。男性のたくましい体と強靭な意志を前にして、なすすべがない。だけど、私がどんなにニックを求めていたか、彼のいない人生がどんなにむなしいものだったか、絶対に知られてはならない。

愛らしいふっくらとしたスザンナの唇を、ニックはいとも簡単に自分の唇で押し開いた。激しい欲望を、彼は隠そうともしなかった。君は僕のものだとはっきり思い知らせてやりたかった。ニックは大きく、リズミカルに、ひとり占めするかのように、スザンナの背中を両手でまさぐった。彼女は思わず身を反らした。この場面を、彼は何度夢見たことだろう。夢の中でただひとりの女性に恋い焦がれ、何度寝返りを打っただろう。彼を裏切ったその女性は、いくら振り払っても彼の意識に侵入してきた。マーティン・ホワイトが彼からかすめ取り、自分のベッドへさらった女性。いったいなぜそんなことを許してしまったのか。

やるせない思いと怒りは、ニックの性への欲望をさらにたきつけ、血を沸騰させた。このままスザンナをすくいあげて車に押しこみ、シドニーのアパートメントへ連れ去りたい。夢の中で彼女に試みたいっさいを実行に移したい。

ニックに求められ、スザンナの胸は大きくふくらんだ。全身を駆け抜ける戦慄は彼にも伝わり、彼の欲望をいっそう刺激した。このままではじきに理性は吹き飛んでしまう。

唇を離す際の苦しみには、奇妙な官能が伴っていた。「どうだい？」失ったものに対する痛いほどの未練を自覚しながら、ニックは皮肉たっぷりにきいた。

「だからなんだというの？　どうせ私は昔から、あなたの影響から逃れる手だてを持たなかったわ」スザンナは悲しげにかぶりを振った。

「それにしては、僕が君に対する影響力を行使しなかったのは変だと思わないかい？　君が十三歳になり、女性らしい魅力を発散させるようになって以来、僕はいつでも君を手に入れられた。だが僕はそうしなかった。君のことを思うと、とてもそんなまねはできなかった。君と結婚したかった。僕には君しかいなかった」

スザンナは胸が張り裂けそうだった。「そしてあなたは、あの一度きりの出来事で私のおなかに命を宿したのよ。嘘みたいだわ。避妊しなかったにもかかわらず、マーティンとの間には子供ができなかったというのに」

すさまじい嫉妬の念がわきおこり、ニックの感情は爆発した。「マーティンとの結婚生活についてなど聞きたくない。そんなものは過去の話だ。心の中から締めだしてしまえ。かつて僕のことを締めだしたように」彼は突然スザンナから離れ、玄関へ向かった。「チャーリーを迎えに行く。それからベルモント・ファームへ向かう。病院から何か連絡があったら、電話してくれ。何時でもかまわない。明日はシドニーへ戻らなければならないが、今抱えている重要な仕事が片づいたら、続きを話し合おう。ベルモント・ファームはどうせ空いている。僕としては、君とチャーリーにここにいてほしくない」

スザンナは挑むように彼を見つめた。「確かに話し合いが必要ね。受けて立つわ」

「適切な答えを考えておくんだな」ニックは冷淡に言った。「君には頼みたいことが山ほどある。たしか仕事を探すと言っていただろう？　留守中のベルモント・ファームを任せるのに、君ほどの適任者はいない。葡萄畑を再開するつもりだ。ワイナリーを近代化して、苗をもっと植える。シャルドネとか、セミヨンとかね。それについても相談したい。シュレーダー一家を呼び戻そう。働き手が必要だ。屋敷のことも、葡萄畑も、ワイナリーも、庭も。厩舎（きゅうしゃ）についても腹案がある。裕福な家庭の子供だけでなく、地域の子供たち全員に正しい馬の乗り方を教えたい。君ならきっと喜んで取り組んでくれるだろう。適切な人材を雇うといい。上級者にはいい馬を提供しよう。ジプシーとレディもハンスのところから引き取る。ベルモントはまた現役の農場になるんだ」

「それをすべて私に任せるというの？」スザンナは驚きと困惑を必死になって隠した。

「もちろん」ニックはあっさり答えた。「君なら経験は充分だ。僕と過ごす人生もそう悪くはないさ、スザンナ。君さえ覚悟を決めればね」

6

アドリエンヌは指紋については考慮に入れていなかった。ＤＮＡ検査と同様、ニックの疑念を裏づけるのは簡単だった。案の定、マーカス・シェフィールドに手紙を送ったのはアドリエンヌだった。彼女のオフィスに乗りこんでその事実を突きつけると、彼女はぶざまに顔を赤らめた。

「ショックで彼が命を落とすかもしれないとは考えなかったのか？」

問いつめるニックに、アドリエンヌはなんとか笑顔を取りつくろった。「相当なつわものだと聞いていたもの。それに、彼が報いを受ければ、あなたは当然喜ぶと思ったのよ。彼があなたにしたことを考えればね」

僕の過去を調べたのだろうか？「それなら聞かせてもらおう。マーカスは僕に何をしたんだい？」

「やめてよ、ニック。あなたは私のことを調べ、私はあなたのことを調べた。この世界、図太くなければ生きていけないわ」

「つまり、私立探偵を雇ったわけだ」

「自分で出かけていくわけにはいかないもの」アドリエンヌは椅子にもたれ、言い返した。

「あなたと同じで、私にも会社がありますから」

「しかし、なんのために？」ニックは真正面から彼女を見下ろした。

「あなたが離れていくのを、私が許すと思ったわけじゃないでしょうね？」とうてい信じられないとでも言いたげだった。

「許す？」ニックは聞きとがめた。「おかしなことを言うものだな。君に支配された覚えはないが」

彼女は両手を握り合わせた。「あの女のもとに帰っちゃだめよ、ニック。彼女はあなたの人生に災いをもたらした張本人なのに」

ニックはこみあげる怒りを抑え、椅子に腰を下ろした。「つまり君は、マーカスに手紙を書けば、彼が再び娘を僕から遠ざけると考えたわけだな」

「ええ、そうよ」彼女はなおも希望を捨てていなかった。「由緒ある家柄の人たちというのは、スキャンダルを毛嫌いするわ」

黙って彼女を見つめていたニックは、やがてすべてを理解した。「君がそれほど執着心の強い女性だとは思わなかったよ」

「そうでしょうね。悟られないように努力してきたもの。でも、あなたに指摘されるいわれはないわ。あなたこそ、執着心にすっかり取りつかれているくせに」

「それなら僕を救済しようなどとは思わないことだな」ニックは警告した。「あの手紙をマーカスに送ったのはすこぶる残忍な行為だ。一命こそ取りとめたものの、彼は左半身の麻痺(まひ)で車椅子の生活を余儀なくされるだろう。まだ口もきけない。このまま言葉を失う恐れもある。君は罪の意識を感じないのか？」

　アドリエンヌは再び顔を赤らめた。「ばかを言わないで、ニック。私はその人と一面識もないのよ」

「そうだな、君にも心があると思った僕がばかだった」

　彼女は勢いよく立ちあがり、琥珀(こはく)色の瞳で彼を見つめた。「私にとって大事なのはあなただけなの。ねえニック、あの一家に同情するのはやめて。彼らがあなたに何をしたか考えてみてよ。あなたが恨みを晴らしたいと思う気持ちは充分に理解できるわ。でももう、復讐(ふくしゅう)は果たしたでしょう。あの人たちが代々住んできた家を手に入れたわ。万々歳よ。屋敷を買ったのがあなただと知って、彼らはさぞかし傷ついたでしょうね」

「だろうね」むろん否定はできない。「だが僕なら、マーカスに匿名の手紙を送ったりはしない。彼はすでに健康を害していたのだから。君は僕たちの友情を踏みにじったんだよ、アドリエンヌ。君とはもうこれきりだ」ニックは重い気分で立ちあがった。

「あなたはきっと戻ってくるわ」彼女はなおも言い張った。「結局のところ、あなたのスザンナにとって大切なのはベルモント・ファームだけ。彼女にとって天国にも等しいあの家だけなのよ。私だってあんな家に生まれたら、きっと同じくらい愛情を注いだわ。あいにく、そういう幸運には恵まれなかった。私は今のものを手に入れるために、身を粉にして働いた。あなたのスザンナは、生まれ育った屋敷を出ていかなくてすむように、愛してもいない男性と結婚したのよ。あなたを拒絶したのも、たぶん父親に脅されたからじゃないかしら。今のあなたには、彼女のためにあの家を取り戻すだけの財力がある。でも、覚えておくといいわ、ニック。彼女にとっていちばん大切なのは、ベルモントよ」

それは確かに真実を含んでいる、とニックは思った。ベルモント・ファームへの愛情は何世代にもわたり脈々と受け継がれてきたものだ。彼の幼い娘チャーリーでさえ、自分の生家を愛している。アドリエンヌの指摘は彼の頭にこびりつき、その後ずっと離れなかった。

人生とは皮肉なもので、マーカスの治療に要した費用を負担したのはニックだった。マーカスは病院から町外れの高級養護施設へ移り、二十四時間体制でケアを受けた。理学療法士による指導のおかげで手脚の動きはほぼ回復したが、会話に関してはかなりの障害が残った。それでも意識ははっきりしており、スザンナとチャーリーのことは容易に認識できた。スザンナは毎日のように父親を見舞い、彼が起きていようが寝ていようが、手を握って静かに座っていた。

「親孝行なんですね」専属の看護師キャロル・ウィリアムズは賞賛した。「お父様もきっと大いに慰められるわ。お父様がどれだけあなたを愛しているか、一目瞭然（りょうぜん）だもの」

スザンナはチャーリーもたびたび連れていった。たいていは学校帰りの短い時間だったが、部屋の中を静かに歩きまわる孫の姿を、マーカスは視力の落ちた目で見守った。

そんな祖父を喜ばせようと、チャーリーはいろいろなものを病室に並べた。母が持ってきたきれいな花や、祖父が快適に過ごせるように家から持ってきた銀の櫛（くし）、銀のフレームに収めた家族の写真……。祖父の車椅子のそばに座って過ごすことも多かった。祖父がぶるぶると震える手を彼女の肩にのせても、チャーリーは決して文句を言わなかった。

マーカスは会話用のノートに書いた。〝とても愛している〟と。おじい様が世界じゅうでいちばん好きなのは私だと思うと、チャーリーは気分が暗く沈んでいるときでも、心が引きたった。祖父のやせ衰えた姿を見るのはとてもつらく、祖父のよく響く大きな声が聞けないのはとても悲しかった。

とはいえ、家族三人が静かに座り、心の中で会話するその時間は、平和な和解の時でもあった。スザンナは父がチャーリーを拒絶するのではないかと恐れたが、実際にはまったく逆だった。二人の心はかつてないほど通い合っているようだった。チャーリーは心の底から祖父を気遣い、マーカスは目に涙をためて孫娘を見守った。

週末にやってきたニックに、スザンナはその様子を報告した。

「医者に相談してみるといい。充分な介護ができるなら家に帰っても大丈夫かどうか。ベルモントに帰れるなら、それに越したことはない。そうすれば、君とチャーリーも向こうに住む口実ができる」スザンナは今もコテージにとどまっていた。

ニックの寛大な申し出を、父はどう受け取るだろう。はねつけるだろうか？

スザンナの心配をよそに、マーカスは受け入れた。彼はベルモント・ファームに帰るのを強く望んだ。

しかし、望みはかなわなかった。帰宅の準備を進めているさなか、マーカスは安らかに息を引き取った。ベッド脇(わき)のテーブルに置かれたノートには、最後のメッセージが記されていた。

〝許してほしい、私が間違っていた〟

まもなく十二月。あと数週間でクリスマスだというのに、スザンナは深い鬱(うつ)状態から抜けだせないでいた。夏休みを迎えたチャーリーの前では陽気にふるまったが、娘は母の痛みを敏感に察していた。

幼い娘が庭の隅で隠れるようにして涙をぬぐうのを見たとき、スザンナの心は激しく揺さぶられた。チャーリーもまた、愛する者を奪われたのだ。父と信じている男性に続いて、祖父までも。私がだらだらと物悲しい気分に浸っていてはいけない。しっかりしなければ。

母と娘は共にニックの不在を意識していた。彼は仕事でカリフォルニアへ行っている。前回の訪問からすでに二週間がたっていた。

スザンナは今も、父のぬくもりが残るコテージで暮らしている。愛するベルモントへ帰る前に、しばらくは静かな時間を過ごしたいから、と彼女は自分に言い訳をした。

スザンナは従業員の採用に取りかかった。多くは再雇用という形になった。

そして、つまるところ、ベルモント・ファームの運営をつかさどるにはその場所に住むのが望ましいという理由で、彼女はチャーリーと共にベルモントへ移り住んだ。

ニックは帰国後、頻繁に電話をかけてきた。とはいえ、二人の関係はあくまでもビジネス上のものであり、ゆくゆくは結婚しようとする者同士のそれではなかった。ニックはボスで、スザンナは貴重なスタッフ。確かに、ニックに評価されているという手ごたえはあった。彼の要求は高かったが、彼女が適材適所の人材配置を実現したときには、賞賛を惜しまなかった。最近はチャーリーを電話口に呼び、楽しいおしゃべりで少女を喜ばせている。

「ニックって大好き」少女は喜びに目を輝かせ、母親に打ち明けた。「ニックとしゃべっていると、とっても幸せな気分になるんだもの」

「ニックはそういう人よ」スザンナは悲しげな表情を娘に見られまいと顔をそむけた。未来は薔薇色のように思われる一方、自分が過去を償わなければならないことを、彼女は片時も忘れなかった。


ある晩、かなり遅い時刻に電話が鳴った。

「ベルモント・ファームです」

「寝ていたのかい？」ニックの声だ。

「ええ」スザンナはベッドの上に起きあがり、枕もとの明かりをつけた。美しいブロンズ製の妖精が緑色のシェードを抱いている照明ランプは、ニックがアンティークショップで見つけ、壊れたところを自分で直して彼女の十六歳の誕生日に贈ってくれたものだ。家にはすばらしいアンティークがいくらでもあったけれど、スザンナにはそのランプが何よりの宝物だった。

「葡萄の苗を植えるのに、地元以外からも人手を集めたんだ。週末のイベントとして、会社の仲間や友人たちがやってくる。取りまとめを君に頼みたいんだが、どうかな？」

接待役なら若いころから経験がある。スザンナにはお手のものだった。「いつの話なの、ニック？」彼女は姿勢を正し、早くもそのイベントについて考えを巡らし始めた。

「ハンスはなるべく早く植えたほうがいいと言っているんだろう？」

「準備はオーケーよ。畝には栄養たっぷりの土を入れてあるし、溝には砂気の多いロームをふんだんに入れたわ。植樹のパターンも決まっているし。等間隔で長く一列に植えていくの。各列の端には充分なスペースを設けてね。何もかも計算ずみよ」

「じゃあ、今週末は？」ニックはきいた。「明日が火曜日だから、時間は充分だろう？すべて君に一任するよ。チャーリーにも楽しんでもらいたいから、友だちを呼んだらどうだろう。みんなに参加してもらって、地域全体のイベントにしよう」

胸の中で喜びが大きくふくらむのを感じながら、スザンナは枕にもたれた。「大丈夫よ、任せてちょうだい」

「そう言ってくれると思った」ニックは穏やかに言った。「僕は八歳のころの君を見て、恐れをなしたからね。君は八歳にしてすでに信じられないほど落ち着いていて、プリンセスのようにつんとすましていた。誰かにあれほど畏敬の念を感じたことはなかったよ」

ニックの言葉は、奇跡のように歳月の壁をかき消した。

「私だってあなたが怖かったわ」無意識のうちにスザンナの声は甘くなった。「あなたの立ち居ふるまいや外国なまり、すばらしくハンサムな顔。まるで別の惑星からやってきた神様みたいだった。父はそのころからあなたを恐れていたのよ」

「だけど、君に会うなと僕に命じたのは、ずっとあとになってからだ」

スザンナは話題を変えたほうがよさそうな気がした。「男性と女性、だいたい何人ずつになるか、お客様の人数を教えてちょうだい。まさか、あなたがふった女性たちは含まれていないでしょうね?」スザンナはそう言いながら、ふとアドリエンヌと呼ばれていた女性の刺すような視線を思い出した。父に手紙を送りつけた人間についてニックはひと言も口にしなかったが、スザンナはアドリエンヌではないかと疑っていた。

「君以外に夢中になった女性なんていないよ、スザンナ」

ニックの言葉に、スザンナはうっとりとなった。「君は今、どんなものを着ているんだい?」

電話で誘惑するの? 彼女は淡い黄色のナイトドレスを見下ろした。さざ波のような震えが全身を駆け抜けた。「コットンのパジャマよ」彼女は意地を張った。

ニックは笑った。おそろしく魅力的な声だった。「子供のころからパジャマを嫌っていたくせに。僕が思うに、君は体にぴったりとしたシルクを着ているに違いない。色はピンクとか、ピーチとか、明るい色。細いストラップで肩からつり、襟もとが大きく開いていて、きれいな胸がのぞいているんだ。下には何も着ていない。立ちあがるとやわらかなシルクが足もとにたまり、全部透けて見える。そして僕は君の体をあがめるんだ。僕の生贄の子羊……」

ニックの最後の言葉に、スザンナは一抹の恐怖を覚えた。「私たち、いつかは以前のように愛し合えるようになるのかしら?」

長い沈黙と共に、さまざまな思いがニックの胸をよぎった。「君を傷つけようとは思っじさ。君ははるか昔に僕の魂を手に入れたんだ」

ていないよ」

スザンナは冷静さを取り戻して言った。「本当にそう願うわ」

ニックは低い声で笑った。その笑い声は、どこか耳ざわりに響いた。「愛も憎しみも同

週末の計画を母親から聞いたチャーリーは、たちまち興奮した。

「ルーシーとローラを呼んでもいい?」彼女はスザンナの首に抱きつき、ホワイト家のいとこの名を挙げた。

「もちろんよ。二人が招待に応じてくれたらね」マーティンが亡くなるまで、ホワイト家の人々とは親しくつき合っていた。しかしマーティンの死後、スザンナはなんとなく、彼の家族に責められている気がしてならなかった。当然かもしれない。理由はどうあれ、私はずっと彼らを欺いてきたのだから。真実を知って彼らがどう思うかは、神のみぞ知る、だ。

だが、週末に向けてあれこれと準備をする間、スザンナに人生を嘆いている暇はなかった。町の人々は大いに乗り気で、葡萄の植樹と、薔薇園で開かれるバーベキュー大会を心待ちにしていた。ベルモント・ファームの薔薇園といえば昔から有名で、ほぼ一年を通じて咲き誇る何百株もの薔薇は、かぐわしい香りを振りまくだけでなく、大切な葡萄の危機

を知らせる警告装置でもあった。葡萄の木を襲う病気は、葡萄を襲う前に薔薇を襲うからだ。子供のころ、スザンナは、薔薇は永遠に葡萄を守ってくれるものと信じていた。

食事のために業者を雇う必要はなかった。かつて何度もそうしてきたように、スザンナはすばらしい地元の食材を買い求め、食べ物と飲み物はすべて自分で用意した。町の女性たちも手伝ってくれることになり、マーティンの二人の姉妹も、それぞれ夫同伴で新しいセミヨン種の植樹を手伝ってくれるという。

まるで過去にタイムスリップしたみたいだわ。スザンナは思った。ああ、私が犯した過ちを頭の中から締めだすことさえできたなら……。でも、私はそれを背負わなければならない運命にある。チャーリーに背負わせるわけにはいかない。

スザンナにとって、今ほどニックにそばにいてほしいと思ったことはなかった。

金曜日の夕方、ニックと友人たちが大挙して押しかけてきた。ニックのジャガーの助手席には、小柄でふっくらした、感じのいい女性が乗っていた。きっと献身的な秘書のべべね。スザンナは思った。そのほかの人たちは、カー・レースの出場者よろしく、歓声をあげながら次々とランドクルーザーから降り立った。全員がジーンズにシャツという軽快な服装だ。夕暮れの空はうっとりするような藤色に染まっている。夜の闇がドラマチックにベルモント・ファームを包むのもまもなくだった。

チャーリーはニック目指して真っ先に駆けだした。彼のもとにたどり着いた彼女を、ニックは勢いよく抱きあげた。スザンナはゆっくりとポーチを横切り、石段を下りて私道に立った。ありがたいことに、アドリエンヌの姿はない。客たちはみな楽しそうな笑みを浮かべ、スザンナの存在など気にも留めていない様子だ。

ニックがやってきて彼女の手を取り、頰にキスをした。「おいで。みんな死ぬほど君に会いたがっている」スザンナの手がかすかに震えていることに気づき、彼は強く握りしめた。

花柄の刺繍(ししゅう)をあしらったターコイズ色のサマードレスは、スザンナの瞳の色を際立たせている。彼女のあまりの美しさと気品に、ニックは血がたぎるのを感じた。この女性はかくも僕をまどわす魅力を有している。ニックは改めて思い知った。

べべは感嘆して周囲を見まわした。壮麗な屋敷と庭、なだらかな丘陵、緑色と金色の葡萄畑。そしてニックが手を取りこちらへ連れてくる若い女性は、世のあらゆる男性のあこがれではなかろうか。彼女こそニックの生涯のパートナーにふさわしい。とはいえ、謎(なぞ)は残る。たとえば、母親そっくりのあの女の子。彼女を見てニックを思い出すのはなぜかしら？　どうやら事情がありそうね。べべは思った。

客たちの気さくな態度と意気盛んな様子に、スザンナは喜んだ。べべと端整な顔だちの年配の男性を除けば、いずれもスザンナと同世代だ。そのこと自体が彼女の心を浮き立たせた。シェフィールド家のたび重なる不幸は永遠に消えない傷を残したが、こんなに多くの人たちがにこにこ笑って好意を示してくれていることに、スザンナは感激した。

「大成功だね」みんなで家へ向かいながら、ニックは耳もとでささやき、スザンナの肩に腕をまわした。

まもなく全員がそれぞれの客室におさまった。若い夫婦はひとつの部屋に、独身者は男性同士、女性同士で相部屋に。べべは薔薇園を見下ろせる美しい部屋に入り、隣の部屋にはニックの恩師ノエル・ゲッデスが入った。ニックはどうやら、妻を亡くした五十代なかばの恩師とべべの仲を取り持とうとしているらしかった。実際、ノエルが話しかけるたびにべべの顔はぱっと明るくなる。スザンナは二人の幸運を願わずにはいられなかった。愛がない人生は無に等しい。

「すてき!」チャーリーはそればかり口にしながら、興奮しきって部屋から部屋へ渡り歩いた。「お客様って最高」

「かわいらしいお嬢さんだこと」べべは薔薇園から視線を離し、スザンナに向かってほほ笑んだ。「本当にお母さんそっくりね。光り輝いているわ。ディナーの前にピアノを弾いてくれるんですって?」

「なかなかじょうずなんですよ」スザンナも笑みを返した。その目は慈愛に満ちている。

「でも、あの子にあなたをひとり占めさせるつもりはありませんからご安心くださいな、べべ」

「とんでもないわ。私、子供は大好きなの。結婚はしていないけれど」

「ニックから、体の不自由なお母様がいらっしゃるとうかがいましたわ」スザンナは同情をこめて言った。

べべは指輪のない手に視線を落とした。「ええ。母をとても愛しているの。ニックのおかげで、私たちの生活は以前とは比較にならないほど楽になったわ。安定だけが取り柄の仕事に見切りをつけて、ニックについていくことを決意した日は、私の人生で最も偉大な日よ。ニックは天才ね。それに、信じられないほど優しい心の持ち主だわ」

べべはスザンナの笑みに見とれると同時に、とまどった。彼女の目は深い悲しみをたたえていたからだ。べべから見れば、ニックとスザンナが深く惹(ひ)かれ合っているのは明らかだ。それなのになぜ、この悲しい笑みを浮かべている美女は、別の男性と結婚したのだろう？　べべはいぶかった。


ディナーはビュッフェ形式で、照明に照らしだされたプールに臨む広いテラスを、客は自由に動きまわった。プールの向こうには、蛇行するクリークも見える。一同はそれぞれの皿に料理を盛り、テラスの円テーブルや、プールサイドの長椅子に陣取った。ざっくばらんな雰囲気がかもしだされ、笑い声と耳に心地よい音楽はまたたく間に田舎の風景にとけこんでいった。

夜ふかしを許されたチャーリーは天にものぼる気持ちだったが、八時を過ぎるとスザンナに手を引かれ、〝おやすみチャーリー！〟のコーラスに送られて自分の部屋に戻った。

「一緒に来てくれるんでしょう？」廊下で出会ったニックに、チャーリーはせがんだ。

「それではご案内しましょう」ニックが片方の腕を大きく広げると、少女はくすくす笑った。

「あんまり興奮させないで」ニックが少女を抱きあげるのを見て、スザンナは小声で訴えた。

「ずっとここにいてくれたらいいのに」チャーリーは言った。「私のことを部屋まで運んでくれるのはあなたが初めてよ。小さいときにはママがだっこして連れていってくれたけど」

「なるほど。でも、君は少々重いな」ニックはよろめくふりをした。

「パパは一度もだっこしてくれなかったの」ニックの演技に笑いながら、少女は打ち明けた。「パパはいつも私のことを忘れていたみたい」

ニックは思わずスザンナの顔を見つめたが、チャーリーをベッドに下ろし、少女が完全に眠るまでは何も言わなかった。

ひとたび静かな廊下に出ると、ニックはスザンナの腕をつかみ、自分に向き直らせた。

「マーティンは知っていたのか？」彼はあとずさるスザンナを壁に押しつけた。

「いいえ、彼は愛情表現が苦手だっただけよ」

「君にはあれほど夢中だったのに？」ニックは嫌悪感もあらわに首を左右に振った。「僕のことは踏みつぶしたいほど憎んでいたのに？　君は僕に真実を告げる勇気もなかったのか？」

スザンナはニックの顔を見あげた。そこに浮かぶさげすみの表情は、彼女の胸をえぐった。「お友だちがいらしているのに口論を始めるつもり？」

「不思議にも、今はそんなことはどうでもいい気分でね。チャーリーはみじめな幼児期を過ごしたんじゃないだろうな」

「そんなことないわ。父はあの子を溺愛していたもの。あなたの子だとわかってからも」

「それはよかった。神様と顔を合わせる際もそのほうが都合がいいだろう」ニックはいらだたしげに言った。「僕はマーティンのことをきいているんだ。彼は君を愛しながら、君の娘は愛情の枠から締めだしたのか？」

「今は話したくないわ」スザンナは抵抗した。喉もとの血管がせわしなく脈打っている。怒りはなぜ、官能を呼び覚ますのだろう？　彼女の全身はニックを求めてやまなかった。

「怖くて話せないのかい？」ニックは挑発するように尋ねた。

「頭にピストルを突きつけられた状態で、話せるものですか」

ニックの口もとが引きつる。「残酷なのは君のほうだ」

スザンナは彼の中で欲望がふくれあがることに気づいた。「やめて、ニック」

「なぜ？」

「こんなふうに罰せられるのはいやよ」

「それじゃあ、君が僕に与えた痛みはどうやって償ってくれる？　あとで君の部屋へ行って、君の体を僕の体で包み、僕の手と脚で身動きを封じてもいいかい？　君が僕にしがみつき、僕を求めて泣き叫ぶまで、君の体を愛撫してあげよう」

スザンナは全身が熱くなるのを感じた。「あなたは妻ではなく愛人が欲しいだけなのね」

「君ならひとりで二役さ。僕たちが愛し合ったあの晩から、どれだけの月日がたったかな？」

スザンナはさっと顔をそむけた。「覚えてないわ」

「教えてあげよう」ニックは無表情に笑った。「六年と十一カ月と十三日。ひとりの女性を求め続けるには長すぎる時間だ。ほとんど強迫観念と化してしまった。これでようやく君への執着から解放されると思うかい？」

「いいえ。だってあなたは、チャーリーが欲しいんでしょう？」

「要するにそういうことさ。僕たちが理想の関係にあった時代は、とっくに過ぎてしまったんだ」

スザンナは慌てて目をしばたたき、涙が流れるのを押しとどめた。ニックはすかさず彼女の顎をつかんだ。刺すような欲望に全身が激しく脈打ち、彼は完全に彼女の美貌(びぼう)のとりことなった。

ニックのキスの魔力は、スザンナの唇を経て、喉へと浸透した。そしてさらに、胸の奥から腹部へと伝わり、やがてナイフで切りつけるような痛みとなって、彼女の腿のつけ根に達した。

「僕とベッドを共にするんだ」言葉は勝手にニックの口から飛びだした。「今夜、君が欲しい」彼はスザンナをぴたりと抱き寄せ、己の熱い欲望の象徴を押しつけた。

「私を軽蔑(けいべつ)しているくせに」スザンナは激しく言い返した。「あなたの本心が読めないとでも思っているの?」

「そりゃあ、読めるだろうとも。人の心を読むのは君の特技のひとつだからね。僕の部屋へ来ると誓いたまえ。でなければ僕が押しかける」彼の瞳が黒いダイヤモンドのように光った。

「自らをこんな状況に追いこむなんて、私はきっと正気じゃなかったんだわ」スザンナは悔しさに身もだえした。

「そう、君は僕に抱かれると正気を失う」ニックは手を離し、彼女の紅潮した頬を見つめた。

「呼べば走ってくると言いたいの？」

「僕がそんなことを言ったかい？」

「言わなかったのならけっこうよ。答えはノーですから！　私は今、自分を一から立て直さなければならないときなの。あなたに抱かれて自分を見失うときではないわ」

その晩遅く、屋敷じゅうが寝静まったころ、スザンナはチャーリーの様子を確認してから、彼女とマーティンが使っていた部屋へ戻り、そっと鍵をかけた。ニックを締めだすのみでなく、自分自身も閉じこめておかなければ、ニックを求める強い衝動に負けてしまいそうだった。どうしようもなく彼のもとへ行きたかったが、それが不可能なのはわかっていた。ニックの感情はすべてにおいて矛盾している。愛と憎しみ。どんなに情熱的に愛を交わそうとも、私は二度と彼の信頼を得ることはないだろう。人はみな過去から逃れることはできないのだから。


翌朝、スザンナは早起きして朝食の準備に取りかかった。オレンジ、グレープフルーツ、パイナップルの三種類のジュースとシリアル。それに甘くておいしいポーポーの実とノース・クイーンズランド産のマンゴー。さらにベーコン、ソーセージ、卵、ハッシュドブラウン、トースト、紅茶、コーヒー……。

彼女がスライスしたマンゴーをボウルに移しているところへ、ニックがキッチンに入ってきた。

「よく眠れたかい？」

思いきり皮肉をこめた彼の口調に、スザンナはたちまち顔を赤らめた。

「ええ、ぐっすり」

「それで目の下にうっすらと隈ができているわけか。手伝おうか？」

「ひとりで大丈夫よ」

「なるほど、確かに君はこういうことにかけては天才的な能力を発揮する。ただし、エプロン姿までは想像していなかった」

「ショックを与えたならごめんなさい」スザンナは冷ややかに答えたが、本音を言えば、彼がそこにいることに喜びを感じていた。

「テーブルの用意をしよう」ニックは彼女の体に腕をまわし、額にキスをした。「どこに運べばいいのかな？」

　彼に触れられただけで、スザンナはめまいがしそうだった。「あずまやはどうかしら」それは両開きのドアがついた八角形の建物で、ドアを開放すればそのまま庭に出られるようになっている。緑色の大きな鉢に植えられた金色の竹が、温室のような雰囲気をかもしだしているところだった。

「名案だ」ニックは即座に賛成した。「センスのいい女性は最高だ」

スザンナは手を洗い、よくふいてから、ニックのほうに向き直った。「私のほかに何人の女性を愛したの？」

スザンナの瞳にかつての負けん気がよみがえったが、ニックの目には彼女がひどくはかなげに映った。「本当に愛したのは君だけさ、スザンナ。単なる肉体的な交わりなら身に覚えがあるけれど、取るに足りないものばかりだ。したがって、僕はいまだに独身だ」

「やめて」尽きることのない彼の皮肉に、スザンナはうめいた。こんな状態で、どうして和解など望めよう。

「いつか近いうちに、僕たちは徹底的に話し合わなければな」ニックの口調は彼が意図した以上にきつくなった。「僕の子供を妊娠したことは、あとになるまで気づかなかったのかい？」

「そうよ」スザンナは葡萄畑で胃の中のものを吐き、パニックに陥った日のことを思い出した。

「時間を元に戻すことはできないからな」ニックはむっつりと告げた。

「私だってつらいのよ」スザンナは次の作業に取りかかった。

「わかってるさ」彼は彼女の頬に触れた。「つまるところ、人生は続けるしかないんだ」

「あなたに憎まれていても？」声がうわずりそうになる。

「憎むだって？」ニックは長く、ゆっくりと息を吸いこんだ。「とんでもない。過去に起こったあらゆる出来事にもかかわらず、君を憎むことなどできなかったよ、スザンナ。死ぬまでそれは変わらないだろう」

三十分後、おなかをすかせた客たちが二階から下りてきた。誰もが上機嫌で、一刻も早く葡萄畑に出たくてうずうずしていた。

九時ごろには町の人々もやってきた。炎天下での過酷な作業になりそうだったが、川の匂(にお)いを運んでくる風は心地よく、小鳥たちはにぎやかにさえずり、コバルトブルーの空には白い雲がぽっかりと浮かんでいる。チャーリーはいとこたちと一緒に脚を組んで芝生に座り、指示が下るのを辛抱強く待っていた。

ついに全員が葡萄畑に繰りだすときがやってきた。男性も女性も子供も、全員が土を掘り、新しい苗を植え、ミニチュアの温室のような設備をしつらえ、耕した土の上に低く腰をかがめた。すばらしい地域のイベントだった。スザンナも植樹に参加し、水を巻いた。すばらしい地域のイベントだった。それだけで心が落ち着く。母なる大地に親しむとは、まさにこういうことなのだろう。やがてこれらの苗はたわわに実をつけ、たぐいまれなるかぐわしいワインを生むに違いない。彼女は喜びに胸を震わせると同時に、多忙な身にもかかわらず葡萄畑とワイナリーの再建を引き受けてくれたニックに、心から感謝した。いや、単なる再建ではない。ベルモント・ファームはさらなる発展を遂げることだろう。

正午になると、人々は用意されたバーベキューを楽しむために一気に丘を下った。自分たちが植えた葡萄からとれるワインを飲むことを思うと、彼らの胸は期待に大きくふくらんだ。その日のイベントに参加した家族の多くは、過去五十年以上にわたりベルモントの葡萄を摘んできた人たちだ。マーカス・シェフィールドの時代には、賃金に不足はなかったものの、今回のように広く地元の参加を呼びかけた催しは一度もなかった。それに引きかえ、スザンナが補佐しているらしいニックの農場経営は、計りしれない大きな善意の輪を生んだ。何しろ町の消防隊までタンク車を繰りだしたほどだ。

「こんなに楽しい思いをしたのはいつ以来かしら」ホワイト家の姉妹のひとりであるニコルは、帰り際にスザンナを抱きしめながら告げた。

帰途につく人々にスザンナとニックが手を振っていると、警察署長のフランク・ハリスが車を降りて近づいてきた。格子のシャツにジーンズという気さくな格好だ。

「やあ、スザンナ。どうやら楽しい一日だったようだね」彼はスザンナに挨拶をしてから、ニックに向き直った。「ミスター・コンラッズ」敬意のこもった声だった。「ちょっとお話があるんです」

「話とは？」静かに答えたニックの声には刺が感じられた。

「打ち明けたいことがあるんです」警察署長は素直に答えた。「あなたさえよければ、スザンナも一緒でかまいません」

「ママ、ママ」階段の上からチャーリーが興奮した声で叫んだ。「クリスマス・ツリーを飾りましょうよ。ベベが、もう十二月だからって」

「ベベにはもうそんな元気は残っていないんじゃないかしら？」スザンナは笑った。「すぐ行くわ」彼女は娘に返事をしてから、警察署長を振り返った。「私は失礼させていただきますわ」

十分後、ニックが家の中に入ってきた。

「話って、なんだったの？」彼に歩み寄り、スザンナは小声で尋ねた。

彼の表情がやわらいだ。「まるで子供の内緒話だな」

「誰にも聞かれたくないからよ」スザンナは人差し指を唇に当てた。

深いすみれ色の瞳。彼を気遣う優しい表情。ニックはつい口にしそうになった。〝スザンナ、愛している。心の底から愛している〟と。だが大切な告白には、それにふさわしい状況というものがある。残念なことに、そうした状況は二人の間には決して訪れてくれないかのように思える。ニックは愛を告白する代わりに、スザンナの手を取り、ポーチへ戻った。ここなら誰にも聞かれる心配はない。

「謝罪さ」彼はおどけて答えた。「何年もの間、哀れなフランクは罪悪感に苛（さいな）まれていたんだよ」

「それだけ？」スザンナはほっとして彼を見あげた。

ニックはうなずいた。「僕を町から追いだした件で、僕の許しを得たかったそうだ。ずっと気にしていたと言っていた」

ほどなく、家に残った全員がクリスマス・ツリーの飾りつけを手伝った。チャーリーの喜ぶ姿に感銘を受け、スザンナは何度も娘を抱きしめた。

彼らはすべての飾りを使った。赤、エメラルド、金、銀色といった深みのあるクリスマス・カラーの玉飾りと、輝く金糸飾り。まばゆい光を放つカラーライトは、ニックが取りつけた。そしていちばん上に飾る平和の象徴、ベツレヘムの星。シェフィールド家に代々伝わる美しいその星は、表面にオーストリア産のクリスタルガラスがちりばめられ、ダイヤモンド顔負けに輝いていた。

「これで、残るはプレゼントだけね」チャーリーはニックの手を握りしめ、おねだりをするように彼を見あげた。「また来てくれるでしょう、ニック？　クリスマスには戻ってきてくれるわよね？」

ニックの瞳に愛情の炎がともり、流れ星となって少女に降り注がれた。

「まあ、あの光景をごらんになって！」べべは、彼女の手を握って隣に立っているノエル・ゲッデスにささやいた。

「彼は本当にあの子を愛しているんだね」ノエルもささやき返した。

7

客たちのほとんどが帰り、屋敷には静寂が戻ってきた。

最後まで残っていたベベは、ノエルと一緒にランドクルーザーで帰ることになった。

「すばらしい週末をどうもありがとう、スザンナ」別れ際、ベベはスザンナの頬にキスをした。「ニックには本当に、ゆっくりくつろげるプライベートな時間が必要なのよ。ここならぴったりだわ」

「明日は病気休暇をとろうかな」ニックは冗談を言った。「君がノエルと帰るなら、僕は明日帰ることにするよ」

スザンナは体がかっと熱くなり、あとの会話を聞き取ることができなかった。

この家でニックと私たちだけで一夜を過ごすなんて、みんなにどう思われるかしら？

しかしニックの友人たちは単純に、彼女のことをボスの親しい友人と受け止めているようだった。彼らはきっと、崇拝しているニックのすることなら無条件に受け入れるのだろう。

彼がベルモント・ファームを買い取ったというニュースは町の人々を驚かせたが、当初のショックが過ぎ去ると、再び彼を地元の人間として迎え入れた。大部分の人たちは、スザンナとマーティンの結婚がマーカス・シェフィールドの心理的な圧力によるものと信じていた。人々は、スザンナが奇妙に思うほど、ニックと彼女の関係について問おうとしなかった。

当然ながら、ニックが泊まると聞いてチャーリーは大喜びした。ニックに三つ編みをほどいた姿を見せるのだと言って、少女は、早く髪をとかして、と母親にせがんだ。

「きっとすばらしい美人になったんじゃないかな」ニックは肘掛け椅子に座り、腰まで届く髪を披露するためにゆっくりとまわる娘に目を細めた。

少女の成長と共に、光り輝く黒髪も豊かに育っていた。ニックはスザンナの美しい髪――黒い鸚鵡(おうむ)の羽のようにつややかな髪を思い出した。かわいらしいピンク色のドレスを着たチャーリーを、ニックはじっと見つめた。

チャーリーがニックの母親から受け継いだのは、瞳の色だけではなかった。額の生え際の独特の輪郭もそっくりだ。発見したとたん、彼の顎に力がこもった。僕のほかに何人の人間が気づいただろう。真実が明らかにされれば、多くの人が傷つくに違いない。娘の輝く頭越しに、彼はスザンナの目を見つめた。そこには彼と同じ思いが映っていた。

「ねえニック、何か言ってよ」不意にチャーリーが催促した。「どうしてママのことをそんなふうに見つめているの?」

「君はなんてお母さんにそっくりなんだろうとびっくりしたんだ」ニックは立ちあがり、片手を差しだした。「暗くなる前にちょっと散歩でもしてこようか。ジプシーとレディが元気にしているか見に行こう。年が明けたら、新しい馬も到着する。お母さんと一緒に馬を選びに行くんだけど、君も一緒に行くだろう?」

「本当? 冗談じゃないのね?」チャーリーは小躍りした。

「馬好きはひと目でわかるからね」ニックは娘を見下ろし、にっこり笑った。


夕食後、あと片づけを手伝ってキッチンに入ったチャーリーは、食器をシンクへ置きながら母親に尋ねた。「ママはニックのこと、お友だちとして愛しているの?」

スザンナの心臓が大きく跳ねた。「ええ、そうよ。ニックとは子供のころからのお友だちだもの。前にも話したでしょう?」

「ニックはママの王子様だったんじゃない?」チャーリーは図星でしょうと言わんばかりに、母親の顔を見あげた。

「どうしてそんなことをきくの?」スザンナは頬がほてるのを感じてさっと顔をそむけ、食器洗い機の扉を開けた。

「だってニックを見るときのママは、うっとりして空想にふけっているようだもの」チャーリーは母親の顔をのぞきこんだ。

「まいったわね」スザンナは笑った。「空想にふけっているなんて、どうしてわかるの？」

「簡単よ。遠くを見るような目になるもの。ママは毎日ニックのお母さんのところへ通っていたの？　ニックが言っていたわ」

「そうよ、ピアノはミセス・コンラッズに習ったと教えたはずだけど？」スザンナは身をかがめ、食器洗い機に皿をセットした。

「ミセス・コンラッズがニックのお母さんだとは知らなかったんだもの」チャーリーは説明した。「私、ニックがお母さんと暮らしていた家を見たいな。ニックのお母さんは、天国でニックのお父さんと幸せに暮らしているんですって」

「そうね。二人ともとてもいい方だったもの」スザンナは手を止め、娘の頬を優しく撫でた。

「誰がいい方だったって？」母と娘の会話に割って入りながら、今の光景を僕はこの先ずっと忘れないだろう、とニックは思った。僕の妻と僕の娘。スザンナは僕たちの娘を特別な子に育ててくれた。

「チャーリーが、あなたのご両親が住んでいらした家を見たいんですって」

「あそこはちょっと問題があるな、チャーリー」ニックは言った。「もう誰も住んでいないんだ」

「おばけが出るの?」チャーリーは身を震わせた。

「古い家には必ず過去があるんだよ。この家もそうだ。いい人たちが住んでいた家には、いい気配が残る」

チャーリーは彼に近づき、甘えるようにもたれかかった。「ニックが子供のころどんな家に住んでいたのか、本当に見てみたいの。ママがピアノのレッスンを受けていたお部屋も。ミセス・コンラッズが手を振って見送ってくれたベランダに、私も立ってみたいの」

少女は美しい瞳でニックをじっと見つめた。「ニックのお父さんとお母さんはなんていう名前だったの?」

チャーリーの頭越しにニックとスザンナの視線がからみ合い、無言のまま感情だけが交わされた。

「母の名前はロッタ。父の名前はカールだよ。チャールズのドイツ語ふうの呼び方なんだ。本当にすてきな両親だった。美男美女だったしね」

「そうだと思った!」チャーリーは断言した。「だってニックもとてもハンサムだもの。いとこたちも言ってたわ。ご両親はオーストラリア人ではなかったの? ニックも少しなまりがあるのね」

「ときどき言われるよ」ニックはほほ笑んだ。「昔は〝新オーストラリア人〟と呼ばれたものさ。いいかいチャーリー、オーストラリアにはいろいろな国から人がやってきて住んでいる。イギリス、ヨーロッパ、東南アジア。僕らは、アメリカみたいにさまざまな文化がまざり合った社会に生きている」

「ええ、知っているわ。学校で習ったもの」チャーリーの小さな顔が誇らしげに輝いた。

「クラスにも二カ国語を話せる子がいるのよ。そういうのって、とてもラッキーよね」

「君もそろそろ始めてみたらどうだい」ニックは提案した。「まずはフランス語とドイツ語から」

「それについてはお任せするわ、ニック」スザンナが静かに告げた。「あなたのほうが適任だもの」

「ちょっと旅行をすればいいだけの話さ」ニックは答え、スザンナを見つめ返した。

「連れていってくれるの?」チャーリーが喜びの声をあげた。

ニックは体をかがめ、少女を抱きあげた。「かわいいお嬢さん、約束するよ」

「そう言ってくれると思ったわ!　ベベが、ニックは最高だって言ってたもの」

一時間後、チャーリーはベッドに落ち着き、ニックの話すクリスマス物語に夢中で聞き入っていた。少女にとって、これほどすてきな話を聞くのは本当に久しぶりだった。少しばかり不気味な感じもしたが、決していやな感じではなく、自分が魔法の国にいるような気分にしてくれる。物語が終わりにたどり着くころには、彼女はいつも一緒に寝るピエロのジャッコを抱きしめ、うっとりとまぶたを閉じかけていた。

「すごいわ、ニック！」チャーリーは上掛けに置かれた彼の手を探り当て、しっかりと握った。「森と中世のお城が出てくるお話って大好きよ。中には怖いお話もあるけど、グリム童話も好きなの。もう寝るわね」

「いい夢を、僕のかわいいお嬢さん（マイネ・リーブリング）」

「初めて聞く言葉だわ」チャーリーは驚いて目を開けた。「〝マイネ・リーブリング〟って、どういう意味？」

子供部屋にそっとやってきてドアの外に立っていたスザンナは、胸が熱くなった。彼女は喉に手を押し当て、涙をこらえた。彼に娘がいることを、私はどうして黙っていられたのだろう。ひと目でニックに恋をした娘。彼に亡き母を思い出させるに違いない娘。スザンナは激しく心を揺すぶられると同時に、耐えがたい悲しみに襲われた。

「僕のかわいいお嬢さん、という意味だよ」

ニックの愛情に満ちた力強い声が、彼女の心の空洞にしみ入った。

「まあ。私、本当にニックのかわいいお嬢さんだったらよかったのに」チャーリーは熱っぽく訴えた。

「そうさ、君は僕のかわいいお嬢さんだとも」

今度こそ、チャーリーは本当に目を閉じた。顔に笑みを浮かべて横を向き、体を丸めて両手の上に頬をのせた。夢の世界へ旅立つ合図だった。

ニックは身をかがめて少女の額にキスをし、しばらく娘の寝顔に見入っていた。部屋の明かりを消して振り返ると、戸口にスザンナが立っていた。彼女の目は悲しみの色に染まっていた。瞳の奥で許しを求めている。どんなに自分を苦しめた相手でも、彼女を求めるニックの思いは尽きることがなかった。僕はどうしようもなく惹かれている。スザンナに、僕たちの娘に。

スザンナは支えを求めるように、一方の手をドアに添えて立っていた。美しい顔に映っているのは涙の跡だろうか？　ニックの心からかつての怒りは消え、彼女への満たされない思いだけが残った。

「スザンナ」

ニックは無意識のうちに両手を伸ばし、彼女に近づいた。廊下の明かりが真珠のような胸の谷間を照らしている。彼が触れると、ひんやりしたシルクがさざ波立った。彼は両手でやわらかな胸の丸みを包みこんだ。胸の頂がはじかれたように反応し、硬くなる。スザンナの香りがした。オレンジ畑の吐息のような、清潔で明るい香り。

「泣いているのかい」

今ははっきりと、輝く涙が見えた。ニックはとっさに身をかがめ、透明な滴を唇で受け止めた。スザンナはなかば目を閉じ、荒い呼吸をしている。

「スザンナ」ニックは再び彼女の名を呼び、肩に手を置いて廊下へ促した。

ニックの目に何を見たのか、スザンナはやみくもに彼の手を逃れ、階段に向かって駆けだした。なんという身の軽さだろう。まるで羽の生えた妖精だ。ニックは決然とあとを追った。

スザンナは真っすぐに書斎を目指した。分厚い書物が壁一面を埋めつくす部屋にたどり着くと、彼女は父のお気に入りだった椅子に倒れこむように座った。ただの椅子ではない。ゴシック様式の巨大な玉座だった。真後ろに位置する暖炉の上には、亡き父の肖像が掲げられている。ツイードのスーツに身を包んだ、身長百八十五センチの堂々たるベルモント・ファームの当主、マーカス・シェフィールドの肖像が。

「お父さんのもとへ逃げ帰ろうという魂胆か?」ニックはいらだちを隠さなかった。体じゅうが燃えるように熱い。「パパに守ってもらおうというわけかい?」

「父はもういないわ」スザンナは泣いていた。今となっては悲しみに満ちた椅子の中で、彼女は傷つき、小さく頼りなげに見えた。

「僕が君をレイプするとでも思っているのか?」

スザンナは高い椅子の背に頭をもたれ、ひっそりと自分の罪に涙した。強くならねばならないときに弱さを露呈してしまった自分に涙した。「どうしてもはっきりさせておかなければならないの。どうしてもはっきりさせておかなければ……」言葉は勝手に口からこぼれ出た。

「何をはっきりさせるというんだ？」ニックは先を促した。顔じゅうに怒りといらだちがみなぎっている。「また妊娠しないことをかい？」

「あなたが私を愛していることを」スザンナは目の前に立ちはだかるニックを見あげた。彼の視線に身を焼かれる思いがした。「単なる戦利品にはなりたくないのよ」彼女は必死で訴えた。「あなたが手に入れたほかのものと同じように。ベルモント・ファームみたいに。チャーリーに関しては、喜んであなたを受け入れるから」

空気は今や一触即発の危機をはらんでいた。「彼女に僕が父親だと話すというのか？」ニックの恐ろしいまでの視線に耐えられず、スザンナはついに目をそらした。

「それはあなたと私だけの秘密よ」

「君は自分以外の人間はよほど愚かだと思っているらしい」ニックは笑った。そんな答えで満足できるはずがない。「チャーリーは成長すれば、もっと僕に似てくるぞ」

「すでにそうなりつつあるわ」スザンナは怒ったように手の甲で涙をぬぐった。

「その椅子から離れたまえ」

「そんなことできるものですか」

緊張は頂点に達した。「いや、簡単さ、スザンナ。だが、やめておこう。僕たちは子供のために、お互い文明人らしくふるまわなければならない」

「だけど、何があろうと私との結婚を成し遂げる気でいるんでしょう?」

ニックの瞳がきらりと光った。「君のためなら死んでもかまわない」

スザンナには、耐えがたい皮肉に思えた。「わかっているわ。マーティンのことも幸せにできなかった私ですもの」

「そもそも彼と結婚などすべきではなかったんだ。それとも、ひょっとしたらうまくいくかもしれないと期待したのか?」

自分の犯した過ちを、スザンナはようやく、はっきりと思い知った。「わかったわ、ニック。私は物事をすっかりめちゃくちゃにしてしまった。あのときはただ恐ろしくて、悲しくて、まともにものを考えられる状態ではなかったのよ」

ニックの表情が険しくなる。「僕の子を妊娠したからだろう? くそっ、君はそれを否定しなければならないほど精神的にまいっていたのか?」

「あなたがこの町を去ったあと、私の人生は粉々に砕けてしまった」スザンナはうなだれ、黒い翼のようなまつげを透き通るような頬に押し当てた。「毎晩毎晩、来る日も来る日も、誰かとベッドを共にしながら別の男性を思って胸を痛める女性の気持ちを、あなたに理解できて? それが私だったのよ。自分が食い物にされている気がしたわ。マーティンは最後には自分が勝つと信じていた。すべての状況が自分の思いどおりになる、と。そのためには手段を選ばなかった。でも、彼の思いのままにはならなかった。その結果は、救いようのない孤独！」

　ニックは鋭い槍で胸を貫かれたような痛みを覚えた。「わからないのかい、スザンナ？

何もかも君がしたことの結果なんだ」

「私は永遠に償わなければならないの？」スザンナは勢いよく立ちあがった。ニックの脇をすり抜けようとしたが、彼は呪いの言葉を吐いて彼女を自分のほうへ引き寄せた。

「僕の傷も見せてやろうか？」

「あなたなんか呪われるといいんだわ」体じゅうに信じがたいほどの欲望がこみあげ、スザンナは身をこわばらせた。「もう耐えられない」全身が熱くほてり、満たされない情熱にうずく。

「その体を僕に預けるんだ」ニックは低い声でまどわすように言った。

　いっそ業火に焼かれてしまいたい。スザンナは思った。

「スザンナ！」

「動けないの」彼女はうめいた。

「かまわない。僕が運んでいく」

　ニックはいともたやすくスザンナを抱きあげ、廊下の薄明かりの中を歩いて、彼女の部屋を目指した。チャーリーがこの世に生を授かったあの部屋を。

　ニックがスザンナをベッドに下ろすと、彼女は両手を広げて横たわった。片腕が優雅な弧を描いて落ち、床の絨毯に届いた。

「君の服を脱がせたい」ニックの声から、怒りと非難は消えていた。

「キスをして」スザンナは、長年の間に身にまとったすべての鎧を捨て去った。この人はニック。チャーリーと共に、私にとってこの世の誰より大切な人。

彼女のかぎりなく優しい表情は、ニックの心にも届いた。彼は端整な顔に深い情熱を浮かべ、彼女に覆いかぶさった。この女性は僕のスザンナ。あらゆる不幸が起こる前のスザンナ。

ニックが唇を重ねると、彼女のやわらかな唇は自ら開いて彼を迎え、甘く濡れた内部へといざなった。ニックの心臓は激しく高鳴った。誰にこの愛を曲げられよう。スザンナは穏やかなため息をもらし、ドレスを脱がせる彼の手に合わせて細い体を動かしている。この場面を何度夢想したことか。日がのぼるまで、彼女の夢が続いた夜もあった。満たされぬ性の欲求と失ったものへの痛みに、体のねじれる思いがした。

大きくなる一方の鼓動は、砕け散る大波のごとくニックの耳もとでとどろいた。ベッド脇のランプが投げる薔薇色の明かりに照らされ、ついにスザンナの裸体があらわになった。ニックは身じろぎもせず、あたかも自らの創造物を愛でるかのように、彼女の姿に見入った。まったく変わらぬ輝きを放つ肌、少女のような体つき、華奢な肩、引きしまった胸、くびれた腰、長く軽やかな手脚、緩やかなカーブを描く腹部。子供を産んだにもかかわらず、彼女の体は何ひとつ変わっていなかった。マーティンが何年にもわたり、その美しい体に覆いかぶさったにもかかわらず。そのことを考えた瞬間、ニックは我が身を引き裂かれる思いがした。こわばった表情は、彼の痛みをありありと物語っていた。
「ごめんなさい、本当にごめんなさい」スザンナは美しいすみれ色の瞳で彼を見あげた。喉もととこめかみで血管が激しく脈打つのを感じながら。
ニックが荒々しく立ちあがった。その勢いでベッド脇の飾り物が二つ三つ飛び散った。目の前にスザンナがいる。飢えにも似た欲求に、ためらいの余地はなかった。欲望はまばゆい炎のごとく、灼熱(しゃくねつ)の炉のごとく、あらんかぎりの力で彼と彼女に襲いかかった。ニックには、スザンナの血が激しい勢いで全身を駆け巡るのがわかった。彼女の欲望もまた、恐るべき頂点に達していた。

恍惚(こうこつ)状態の中で、ニックは自分の服を脱ぎ捨てた。スザンナの体の最も奥にあるその場所を探り当てることを思うと、興奮に身も心も震えた。彼以外、誰ひとりとして到達したことのないその場所……。

今夜、僕はスザンナの心からあらゆる過去の記憶を消し去るのだ。そのために、僕はこの町に舞い戻った。

そして、我が妻と、我が娘を取り戻すのだ。

8

ベルモント・ファームは新しい気分に包まれ、誰もがその好ましい影響を感じ取っていた。

葡萄畑が拡張され、品質もよくなるらしい。噂は遠く離れた地域にまで伝わった。新しいワインセラーの建設場所を決めるために専門家が呼ばれ、リストアップされた修復箇所に対応するため、町の職人たちが続々とやってきた。

ベルモント・ファームの所有者はニックだが、スザンナと彼の間に上下関係はなく、共通の戦略があるのみだった。二人はつねに同じ次元で物事を考えた。スザンナのほうが詳しい事柄に関しては、ニックは彼女を全面的に信頼した。長年ベルモントの運営に携わってきたスザンナには、農場の豊かな発展のために何をするべきかはっきりと把握していた。

スザンナがオリンピック・スタジアム級の屋内アリーナの復旧工事について現場監督と話しているとき、ハンスが彼女を呼びに現れた。

「お客さんだよ、スザンナ。ポーチで待っている」

「名乗らなかったの？」まぶしい日差しの中に踏みだしながら、スザンナは用心深く確かめた。今日は来客の予定はない。

「君しか知らないと言っていたよ」ハンスは肩をすくめた。

「どんな感じの人？」スザンナはハンスと連れだって、玉石を敷きつめた中庭を横切った。

「実を言うと」ハンスは前置きをして、耳をかいた。「見たことのない美女なんだ。だが、とてもきちんとした感じで、ＢＭＷに乗っていた」

スザンナははっとした。「髪は明るい栗色じゃなかった？」

ハンスは不安に駆られたらしい。「そう、ぴかぴかの五セント硬貨のようだった。なんなら僕が追い払ってやろうか？」

スザンナは笑みを作った。「大丈夫よ、自分で対処できるわ」

「念のために言っておくけど、僕は薔薇園でアーキーを手伝っているから」

「ありがとう、ハンス」スザンナはハンスを心から信用していた。

アドリエンヌは静かにポーチの椅子に座っていた。スザンナが近づいてくるのを見て、彼女は愛想のいい笑みを浮かべた。

「おはよう」アドリエンヌは先に声をかけた。「ちょうど通りかかって、あなたに用事があるのを思い出したものだから」

「すみませんが、迷惑です」短い石段を上がりながら、スザンナは冷ややかに応じた。

「ニックは何も言わないけれど、亡くなった父に悪意に満ちた手紙を送りつけたのがあなたであることはわかっていますから」

アドリエンヌは信じられないというようにスザンナを見つめた。「それはお気の毒ね。私も父を亡くしたときには胸がつぶれそうだったわ」彼女は立ちあがってスザンナに近づき、手を差しだした。「まだきちんとご挨拶していなかったわね。私はアドリエンヌ・アレマン。ニックの親しい友人よ」

スザンナは差しだされた手を無視した。「失礼ですが、ミス・アレマン？　それともミセス？」

「ミセス・アレマンよ」アドリエンヌは苦々しげに言い、手を下ろした。「あなたと同じく、夫を亡くしているの」彼女は猫を思わせる目を細くして、スザンナの顔と体を値踏みするように眺めた。「確かに美人ね。ニックが夢中になるのも無理ないわ」

「ミセス・アレマン、いったい私になんのご用ですか？」スザンナは毅然として尋ねた。

「座ってもかまわないかしら」スザンナが社交性に欠けているとでも言わんばかりに、アドリエンヌは細い眉をつりあげた。

「長くならないのでしたら、どうぞご自由に」

アドリエンヌが座ると、スザンナも向かいの椅子に腰を下ろした。

「あなたとこうして話ができるなんてうれしいわ。頭の中で繰り返し練習したのよ」

「そうでしょうね。申し訳ありませんが、私はあなたを敵と見なしていますから。父に手紙を送ったことは否定しないんですね？」

「なんのために？　あなたはすでに私が送ったと断言したでしょう？」アドリエンヌは麻のスーツから、ついてもいないごみを払うふりをした。「恋と戦争は手段を選ばない、という諺（ことわざ）はご存じよね」

「それであなたは、何か得をしたんですか？」スザンナは指摘した。「ニックはあなたの行為を軽蔑（けいべつ）していました」

「でも彼は、私を愛していたのよ」アドリエンヌの顔がゆがむ。

「本人がそう言ったんですか？」スザンナは語気をいくぶんやわらげた。

「愛を交わすたびに」アドリエンヌは顔をぐいと上げた。「数えきれないほど。彼って最高の愛人だと思わないこと？　情熱的で、想像力が豊かで。ちょっぴり手荒にしてほしいときと優しくしてほしいときを、ちゃんと心得ているわ」

「あなたが傷ついたのなら、お気の毒だと思いますけど」スザンナは小さな声で応じた。ニックと目の前の女性が一緒にいる場面を想像し、胸が痛んだ。ニックがマーティンの話題を避けたがるのも無理はない。

「お気の毒ではすまないのよ。そんな目で見る必要はないわ。聖人ぶるのはやめてちょうだい。ニックがあなたの子供の父親だとわかったときには、どんなに打ちのめされたか。

そんなこと、ひと言も聞いていなかったわ」

「彼は単に知らなかっただけです」

「つまり、彼には黙っていたのね？」アドリエンヌはさも恐ろしそうに、首を左右に振った。「それでよく私のことを責められるわね」

「あなたに言われる筋合いはないわ、ミセス・アレマン」スザンナは冷ややかに言った。「あなたは私の人生とはなんの関係もない人ですから。そしてあえて私の考えを言わせてもらえば、ニックの人生とも」

アドリエンヌは声をあげて笑った。「あなたはきっと、私があっさりあきらめると思っているんでしょうね。なんと無邪気な考えかしら。でもそうはいかないわよ。ニックは将来私との結婚をほのめかしていたんですもの。ところがいとしいスザンナが独り身になったとたん、私には失せろというわけ。あなたの夫が事故で死んで、あなたたち二人にはつくづく好都合だったわね」

スザンナは侮辱に耐えるつもりはなかった。「面識もないのに私の夫のことを口にするのはやめていただけないかしら」

アドリエンヌはかすかに笑みを浮かべた。「ホワイト家の人たちは、ニックの子供を自分の身内と信じているんでしょう？　聞いたところによれば、みんなその子をずいぶんかわいがっているそうね」

突然スザンナは吐き気を催した。「いったい何をおっしゃりたいの？」

「取り引きしない？」アドリエンヌは友だちに寄り添うように、身を乗りだした。「ニックを遠ざけるためのシナリオを考えるのよ。あなたにはお手のものでしょう？　そうしたら、もう誰にも手紙は出さないわ」

「マーティンの母親に手紙を書くとでも？」スザンナはさげすみの目を相手に向けた。

「私には正当な理由があるんじゃないかしら」アドリエンヌは三日月形の眉をつりあげた。

「嘘をついているのはあなたのほうよ」

スザンナは心底恐怖を覚えた。「そんなことをして、ニックがあなたを好きになると本気で思っているの？」

「もちろん、ニックに知られたら報復されるでしょうね。本人さえその気になれば、私の会社をつぶすことさえできるかもしれないわ」

「私が彼に黙っていると思ったら大間違いですから」スザンナは挑戦状をたたきつけた。

アドリエンヌは籐の椅子を勢いよく後ろに押しやり、立ちあがった。「それじゃあ、あなたの仕事は私が引き受けるしかないわね。ミセス・ホワイトに、彼女がずっとかわいがってきた子供は孫でもなんでもありませんと教えてあげなくちゃ。あなたたちが結婚するつもりなら、私は何がなんでも邪魔してやるわ。ハッピーエンドはなしよ」

その日の午後、スザンナは十二キロ離れたホワイト家へ車を走らせた。

緑豊かな庭に囲まれたプランテーション様式の屋敷は、ベルモント・ファーム同様、屈指の名建築と賞賛されている。スザンナもマーティンも、この地方では相当に裕福な家庭の子供として、美しく静かな環境で育った。欲しいものはほとんど手に入る生活を享受しながら、二人ともそれについて深く考えたことはなかった。彼らにとってはそうした暮らしが当たり前であり、共通の価値観でもあった。

そんな生活を決定的に変えたのが、ニックだった。彼が現れなかったら、マーティンは嫉妬のせいで身を滅ぼすこともなく、生来のおおらかさを持ち続けていたかもしれない。スザンナもマーティンを気に入っていたし、自ら望んで結婚したかもしれない。けれどもまだほんの子供だったころ、彼女はニックに心を奪われた。そして同時に、ニックの心を奪ったのだ。

ホワイト家の家政婦マーサはスザンナを快く迎え、プールのある裏庭へ案内した。チャーリーはいとこたちと遊ぶために、その日は朝からホワイト家に来ていた。スザンナがプールサイドにたどり着いたとき、マーティンの母親であるヴァレリーはリクライニング・チェアでくつろぎ、三人の子供たちは水しぶきを上げながら楽しそうに遊んでいた。三人はいっせいに両手を振り、スザンナを歓迎した。ヴァレリーは背を起こして座り直し、気品あふれる顔に温かい笑みを浮かべた。

「あら、スザンナ、ちょうどお茶にしようかと思っていたところよ。あなたも一緒にいかが？」

今言わなければ、私は永遠に言えなくなってしまう。「実は折り入ってお話があるんです」せっかくくつろいでいる彼女につらい話を聞かせるのは、なんとも心苦しかった。

亡き夫の母はいぶかるふうもなく、うなずいた。「わかったわ。では子供たちをプールから上げましょう。それからマーサに頼んでお茶にしてもらうわね」

「とっても楽しかったのよ、ママ」チャーリーが興奮した様子で近づいてきて、母の手からタオルを受け取った。「ローラとルーシーも乗馬スクールに入りたいんですって」

「それはよかったわ」スザンナは愛らしい二人の少女に笑みを向けた。ニコルの娘たちで、ホワイト家特有の、金髪とブルーの瞳を持っていた。

「スザンナおばさん、おばあ様がスザンナおばさんにポニーを選んでもらいなさいって」

ルーシーが喜びに輝く瞳で見あげた。

「任せてちょうだい」スザンナは片手を伸ばし、愛情をこめて少女の頰を優しくたたいた。

「名前を考えておくといいわ」

しばらくしゃべるうちに、ようやくマーサが現れ、子供たちを連れていった。

「庭でも歩きましょうか」ヴァレリーはそう言って、スザンナの腕を取った。「さて、いったい何があったの？　真っ青な顔をして。確かにこのところ、私たちにとっては災難続きだったけれど」

「だからこそ、これ以上いやな思いはさせたくないんです。でも……」

庭を一望できる場所に差しかかると、ヴァレリーはちらりとスザンナから視線を離し、夏の花々がみごとに咲き乱れる美しい庭を眺めた。「遠慮する仲ではないでしょう、スザンナ？」

スザンナは義母の腕をひしと抱きしめた。「愛しています、ヴァレリー。でも、ずっと嘘をついてきました。心底悔やんでいます。これ以上黙っていることができなくて」

「それじゃあ、話してちょうだいな」二人は石のベンチにたどり着き、並んで腰を下ろした。

スザンナは苦渋に満ちた表情で義母のほうに向き直った。「ヴァレリー……」一瞬ためらったあと、彼女は意を決してきりだした。「もはや一日たりとも先延ばしにはできないんです。実はチャーリーは――」

「マーティンの子供ではない、と？」ヴァレリーがスザンナの言葉を遮った。優しく、毅然とした声だった。「なぜ、今打ち明ける気になったの？」

それは何か、大爆発がおさまったあとの静けさに似ていた。「ショックではないんですか？」

ヴァレリーはうなずいた。「なんとなくわかっていたわ。マーティンが気づくはるか以前にね」

「それなのに、ずっと黙っていらしたんですか？」スザンナは唇を噛(か)み、義母をじっと見つめた。

ヴァレリーは淡々と語った。「確信を持っていたわけではなかったから。それに、チャーリーをすでに愛してしまっていたし。チャーリーは特別な子だわ。あの子を傷つけるなんてできなかった。子供たちの様子を見たでしょう？　あの子たちは家族よ」

「私はどうしたらいいんですか？」スザンナはみじめに教えを乞(こ)うた。

「真実と向き合うのよ」ヴァレリーは穏やかに答えた。「あの子はニックの子ね？」

スザンナはうなだれた。「ええ。怖くて彼に言えなかったんです」

風は温かかったにもかかわらず、ヴァレリーはかすかに身を震わせた。「彼のお母さんのことは、今もはっきり覚えているわ。町で二、三度見かけただけだけど、とても物静かで、洗練された方だった。目に特徴があって、チャーリーと同じ色の瞳をしていたわ」

スザンナは義母を見つめた。「許してもらおうとは思っていません」

「打ち明けてくれたこと自体、和解のしるしよ」ヴァレリーはスザンナの腕を優しくたたいた。「私が許せないのはあなたのお父さん。もしかすると、私の希望もあなたたちに対するプレッシャーになっていたのかもしれないわね。あなたとマーティンがいつか結ばれることが、私の夢だった。実際、ニックが現れなかったら、あなたたちはもっといい形で結ばれていたかもしれない。ニックを愛したのはあなたのせいではないわ、スザンナ。彼は本当に特別だったもの。いいえ、今も特別だわ。彼、チャーリーのことは最近まで知らなかったんでしょう?」

スザンナはうなずいた。「結婚した責任と名誉を守ろうと思ったんです。せめてもの償いに」

「すべてはマーティンとマーカスが自分たちの目的のために仕組んだことだったとしても?」ヴァレリーはスザンナの目をのぞきこんだ。「マーティンはあとになって、ひどく悔やんでいたわ。ニックを町から追いだすために何をしたか、あの子は自分から私に打ち明けたの。あなたのお父さんは、ニックが条件をのまなければ無実の彼を本気で刑務所へ送ろうとしたんですよ」

ヴァレリーはひと息入れてから続けた。

「あなたがお父さんをどんなに愛していたかは知っているし、彼の悪口を言うのは不本意だけれど、彼が善意の暴君だったことは、あなたも知っておかなければね。〝支配狂〟と、マーティンはよく言ってたわ。あなたがニックのようなダイナミックな青年と結婚すれば、お父さんはこの世で唯一愛している娘を支配できなくなる。その点、うちのマーティンなら話は簡単ですものね。あの子には強さが欠けていたから。あの子は私の目の前で、あなたのお父さんの手先になっていったわ。あの子の父親が生きていれば、もっと違う展開を見せたでしょう。でも、現実はごらんのとおり」ヴァレリーは力なく首を左右に振った。

「なんて悲しいのかしら、何もかも」スザンナは胸が締めつけられた。

「でも、私たちは前へ進まなければね」ヴァレリーはきっぱりと告げた。義母の態度からは、冷たさも非難がましさもいっさい感じられなかった。「このことは、私たちだけの秘密というわけにはいかないんでしょう?」彼女は指摘した。「ニックのような男性が、自分の子を育てる権利を放棄するはずがないものね。あなたはニックと結婚するべきだったのよ。どうしてそうしなかったのか、私は理解できなかったわ」

こらえきれずにスザンナが泣きだすと、ヴァレリーはスザンナの体に腕をまわした。

「ミセス・コンラッズはニックの居場所を教えてくれなかったんです」スザンナはしっかりしなくてはいけないと自分に言い聞かせた。「私はもう充分にニックを傷つけていたから。妊娠のことは言いませんでした。私はまだ若く、過保護に育てられて、たぶん父が怖かったのだと思います。当時、父は私に対してひどく神経質になっていたから。ニックを信用してはいけない、としつこく言っていました。しばらくはつわりに苦しみ、父に逆らうこともできなかったんです」

「そしてあなたとマーティンを結婚させたのね。私ときたら、すっかり有頂天になってしまって。でもやがて、実態が見えてきた。あなたがマーティンとうまくやろうと努力したことは知っているわ。マーティンは自分自身に絶望してしまったの。あの子はあなたを愛していたけど、あなたはどんなに努力してもあの子を愛せなかった。あの子が望んだ形ではね。マーティンは、あなたがニックを愛したように自分のことを愛してほしかったのよ」

家に帰る車の中で、チャーリーは絶えず母の顔をうかがっていた。「おばあ様となんのお話をしていたの？」とうとう思い余って尋ねた。

「家族の話よ」スザンナは笑みを取りつくろった。

「家族の話で泣くようなことがあるなんて知らなかったわ」娘は疑わしそうに言った。

ヴァレリーがチャーリーを無条件に愛してくれて本当によかった。スザンナは心から感謝した。ただし、ほかの親戚(しんせき)に関しては、同じように幸運な結果になるとはかぎらない。

「パパのことを話していたのよ」スザンナは説明した。

「パパが恋しいの？」チャーリーはもっと詳しく知ろうとするかのように、さらに尋ねた。

「マーティンはママの夫というだけでなく、子供のころからの知り合いだったんですもの。マーティンやマーティンのきょうだいとは、あなたとルーシーやローラみたいに仲よしだったのよ」

チャーリーは顔を赤らめた。「パパは私を愛していなかったわ」

この子はなんと的確に物事をとらえているのだろう。「そのことは前にも話したでしょう？　マーティンは感情を表すのが苦手だったのよ」スザンナの中では、夫はもはや〝パパ〟ではない。〝マーティン〟になっていた。

「でも、ママのことは愛していたわ」チャーリーは鋭く指摘した。「たぶん私までまわすには愛情が足りなかったのかも。私が学校でいい成績をとってもパパにはどうでもよかった。ひとつ上の学年に進んでも、ピアノがじょうずでも、馬が好きでも、パパにはどうでもよかった。私、どうしてニックをひと目で好きになったのかしら。パパのことはそんなふうに思えなかったのに」

それはニックがあなたの本当のお父さんだからよ。スザンナは心の中で思った。けれどもいつ、どうやって、真実をこの子に告げればいいのだろう。アドリエンヌはなんとしても復讐(ふくしゅう)計画を実行するに違いない。手紙を見たら破り捨てるように、ヴァレリーには頼んである。

「ニックはみんなに好かれる人なのよ」スザンナにはそうとしか答えようがなかった。

その晩、ニックから電話があり、スザンナはアドリエンヌが訪ねてきたことを報告した。

「〝何がなんでも邪魔してやる〟と言っていたわ」

「絶対にそんなまねはさせない。約束するよ」彼の声には怒りと決意が感じられた。

「それで、マーティンのお母さんには何もかも話したわ」スザンナは受話器を握りしめた。

「なんだって！」ニックはうめいた。

「ヴァレリーは知っていたわ」彼女は静かに告げた。「ずっと感じていたそうよ。でも、チャーリーへの愛情は変わらないと請け合ってくれたの」

一瞬、ニックは言葉に詰まった。「きっとすばらしい女性なんだろうな」

「ええ」スザンナはため息をついた。「彼女のおかげで表現しようのないほど肩の荷が軽くなったわ」

「大変な一日だったね」

「ヴァレリーに真実を話すのはね。アドリエンヌにここから出ていってと宣言するのは、むしろ気持ちよかったわ。私ったら、ここがまだ自分のものだと思っているみたい」

「どのくらい自分のものにしたいと思っている？」

スザンナは彼の奇妙な口ぶりが気になった。「どういうこと、ニック？」

「自分で考えてみるんだな」ニックは答えた。「家への愛着が男性への愛情をしのぐ場合もある」

「これはなぞなぞ？」スザンナは釈然としなかった。

「そんなことはないと信じていたが、よくわからなくなった。ベルモント・ファームは君にとってとても大切な存在だ」

「あなたもだわ、ニック」スザンナは慌ててつけ加えた。今、どうしようもなくニックの顔が見たかった。彼に抱かれ、彼の腕を肌に感じたい。

しばしの沈黙のあと、ニックは言った。「僕は二番目では満足しないからな、スザンナ。君のすべてが欲しい。ありったけの情熱を君に注いだんだ。それだけの見返りがあっていいはずだ」

先日の夜のことを思い出し、スザンナは全身真っ赤になった。波のように次々と押し寄せる官能、エネルギー、ミステリー、情熱、二人合わせてひとつの存在なのだという不思議な感覚。

「君のいない世界など、僕にはまやかしにすぎない」ニックはつけ加えた。

スザンナは目を閉じ、彼の言葉が交響曲のように体にしみていくのを感じた。「チャーリーはひと目であなたを好きになったわ」彼女は夢見心地で告げた。「奇跡だと思わない？」

「当然さ。子供は我々大人がすでに忘れてしまったやり方で物事を理解する。僕はあの子の父親なんだ。事実を知らせるには痛みが伴うが、僕たちはそれを乗り越え、願わくはより強くならなければならない。金曜の夜には必ずそっちへ行くよ。何者にも邪魔はさせない」

9

日差しのあふれる牧場に何頭もの馬が放たれ、このうえなく美しい光景が広がっていた。

「まるで絵のようだ」真っ白な柵が縦横に走っている緑豊かな牧場を眺めながら、ニックは言った。

「ここで何頭くらい飼うの？」ジャガーの後部座席から、チャーリーが興奮してニックに尋ねた。「ああ、牧場の雰囲気って最高。緑のパドックも白い柵もみんな大好き」

「僕もだよ」ニックもうなずいた。「君のお母さんと話し合って、全部で三十頭飼うことにした。かつてのベルモント・ファームには及ばないがね。子供用のおとなしい馬は、別のところで飼う。この牧場の持ち主はトム・マクガヴァンといって、昔は有名なジョッキーだったんだよ」

「ええ、知っているわ」チャーリーは答えて、窓際に寄った。「牧場の名前はグリーンフィールズ。ママが言ってたけど、ここの家の両開きのドアは、ミスター・マクガヴァンが現役のジョッキーだったころの服と同じ真っ青に塗ってあるんですって」

　そこへ、一頭の雌馬と子馬が仲間から外れて近くの柵に駆け寄り、頭を突きだして挨拶（あいさつ）をした。

「なんてかわいいの！」チャーリーの言葉には熱い思いがあふれていた。「きらきらと輝いて、まるで宝石みたい。ああ、またひとつポニーにぴったりの名前を思いついたわ。ジュエルよ。ルーシーと二人で、どっちがたくさんすてきな名前を思いつくか競争しているの」

「それじゃあ君が優勝だ」ニックの口もとに大きな笑みが広がる。

「トムには十一時に着くと言ってあるから、時間ぴったりだわ」スザンナはダッシュボードの時計を見ながら告げた。

「それはよかった」ニックは一瞬チャーリーのことを忘れ、片手を伸ばしてスザンナの頬を撫（な）でた。

　さりげないしぐさにもかかわらず、スザンナは彼の生々しい欲望を感じ取った。

　中庭へ向かうと、マクガヴァン自ら迎えに出てきた。青いポロシャツと乗馬ズボンというでたちで、つばのある帽子をかぶっている。

　六十歳過ぎと思われるその男性は、停止したジャガーに向かって片手を上げ、挨拶をした。「おはよう、諸君」そして指で軽く帽子をたたきながら、チャーリーに声をかけた。

「おはよう、お嬢さん。こりゃまたずいぶん大きくなったな。たしか前に会ったときは……」

「一歳半だったわ、トム」スザンナは笑みを浮かべた。「チャーリー、ご挨拶しなさい」

チャーリーは言われたとおり、トム・マクガヴァンに笑みを向けた。「とてもすてきなドライブだったわ、ミスター・マクガヴァン。雌馬と子馬がわざわざ挨拶をしに来てくれたの。金色のような明るい毛の馬よ」

「たぶんソーラープリンセスだろう。ソーラーゴールドとキングダリウムの子供だよ」マクガヴァンはうなずいた。「血統もいいし、値段も高い」彼はスザンナを振り返り、にっこり笑った。

「ニックのことは覚えているでしょう、トム？」スザンナは尋ねた。

「もちろんさ」二人の男性は握手を交わした。「君は今やスーパースターだ」

「お元気そうですね」ニックは言った。

「いい人生だったからね」

「確かにそのようだ」ニックはすばらしい牧場を見渡した。「ところで、どんな馬を見せてくださるんですか？　チャーリーがもう興奮して待ちきれないようでね」

「とびきり美しい馬を何頭か」トムはチャーリーのつややかな髪を撫でた。「それと、ダイアブロというつむじ曲がりの雄を。どうしてと思うかもしれないが、乗り手さえよければみごとなジャンプを見せてくれるんだ。だから、スザンナ、ぜひ君にと思って。ちょっと待っていてくれたまえ。若い連中に言って、馬にパドックを歩かせよう。スザンナの話では、二十頭前後必要だとか？」

「当座はそれくらいで充分だと思うんです」ニックは答えた。

「お役に立てるといいが。ダイアブロを除けば、どれも君の求めている馬ばかりだと思う。もちろん、馬に関しては〝絶対〟はありえないが」

そのあとはもう最高の時間、純粋な喜びのひとときだった。一頭、また一頭と、馬たちは目の前を通過していく。落ち着いて歩く馬、弾むように足踏みをする馬。馬が引いていかれる前に吟味し、評価を下さなければならない。チャーリーもニックに支えられて柵の上に立ち、一頭一頭について自分の意見を堂々と述べた。

子供のころの私にそっくりだわ。すっかり馬に夢中になっている娘の姿に思わずほほ笑みながら、スザンナは思った。チャーリーへの接し方を見るかぎり、ニックはまさに理想の父親だった。マーティンは父親向きではなかったが、ニックはわずかの間にチャーリーの心を完璧にとらえた。

彼らは最終的に、五歳馬と六歳馬、引退した競走馬、ショーに出ていた馬など、十八頭を選んだ。

「今日はもうひとつお楽しみがあるんだ」ベルモント・ファームへ帰る車の中で、興奮さめやらぬチャーリーにニックが言った。

「本当?」チャーリーは目を丸くした。

「まあ待っててごらん」彼はバックミラーを介して娘と目を合わせた。

アッシュベリーの外れに近づいたところで、一行はニックの言う〝お楽しみ〟にたどり着いた。車はアボカドとマカダミアナッツのプランテーションや緑豊かな農園を通り過ぎ、屋敷と庭と厩舎を含む広大な地所を過ぎたあと、最後に道を折れて、白い板壁に緑の鎧戸がはまったバンガローの前で止まった。

ベランダを囲む木の欄干はブルーの朝顔でカーテンのように覆いつくされ、手前では紫色とエメラルド色の蝶が舞っている。短い石段は苔と羊歯植物でびっしり覆われ、枝を編むように蔓が空に向かって伸びていた。バンガローは静まり返り、つつましくたたずむその姿は、まるでおとぎの国の家のようだった。

「誰も住んでいないわ」チャーリーが押し殺した声で言った。「だけど、誰かが私たちを見ているみたい」

ベランダで手を振る人影が見えたような気がして、スザンナは身震いした。「ばかなことを言わないで。中へ入るの、ニック?」彼女はニックに身を寄せた。

「入りましょうよ」何も知らないチャーリーは、すでに車のドアを開けかけている。「ここがニックの住んでいた家ね。連れてきてくれてありがとう」

ニックは自分も車を降り、スザンナのほうへまわった。「チャーリー、一緒に行くから待っていなさい」彼は声をかけた。

チャーリーは魔法をかけられたようにその場に立ちつくし、時の流れを生き抜いた古い薔薇（ばら）の香りを吸いながら、あたりの様子をうかがった。小さな体に光が降り注ぎ、美しいクリーム色の肌を金色と緑色に染めている。

「なんてすてきなのかしら」チャーリーはつぶやいた。「すてきで、不思議な雰囲気に満ちていて、まるで絵本みたい。それに、とても小さくて！　どうやってこんな狭い家に住んでいたの、ニック？」

「ごく普通にさ」ニックは少女のそばにやってきて、つややかな髪を撫でた。「すべての子供がベルモント・ファームのような広々とした屋敷で育つわけではないんだよ」

「中へ入れるかしら？」チャーリーはきいた。

「閉まっているんじゃないの、ニック？」スザンナが思わずそばに寄ると、彼は彼女の体に腕をまわした。そうしたふるまいを、チャーリーはしっかりと見ていた。

「ママは入りたくないの？」ママはまるで、自分は永遠にここに立っていてもかまわないというように、ニックにしがみついているわ。チャーリーは驚いた。そして、うれしかった。

「入ってみよう」ニックがベランダへ向かうと、チャーリーは横へまわり、ひとつひとつドアをたたいて確かめた。「頭の中で君のイメージが無数に渦巻いているよ」ニックはそう言って、スザンナの頭に軽くキスをした。「きれいなドレスに身を包み、髪にリボンを結んだ美しい少女。愛くるしく、礼儀正しくて、勉強も最高にできた。君を見るたびに、僕の両親は顔をほころばせていた」

「もう少し物事のわかる年になっていたら、お二人に教えていただけるありがたさが身にしみたでしょうに」スザンナは答えた。「とても特別な方たちだったわ。一生忘れない」

「ニック、ここから入れそうよ」不意にチャーリーの興奮した声が聞こえた。

「そのまま待っておいで」ニックは釘を刺した。親の、我が子に対する口調だった。「様子を見てきたほうがよさそうだ」彼はゆっくりとスザンナから手を離した。「気が進まないなら、君は入らなくてもかまわないよ」

「勇気を出すわ」スザンナはさっと顔を上げ、ニックのあとに続いた。

「本当にすてき！」チャーリーは両手を組み、期待に目を輝かせた。「家に帰ったらすぐにこのことを物語にするわ。もしかしたら私、有名な作家になれるかも」

「あなたなら想像力は充分ね」スザンナは、ニックが両開きのドアを強く押すさまを見守った。不意に扉が開いた。

すべては沈黙に包まれていた。

何度となく通った小さな居間。どこに何が置いてあったか、スザンナははっきりと覚えている。ピアノは壁際に置かれ、その上には陽光に包まれたロマンチックな風景画がかかっていた。恐れていたようなことは何も起こらなかった。悲しみに押しつぶされることもなかった。

スザンナは、ニックの父がいつも座っていた椅子を思い出した。彼の口もとは痛みのせいでいつも引き結ばれていたが、愚痴をこぼしたりはしなかった。彼はよくスザンナのピアノのレッスンに耳を傾け、上達の速さを褒めた。その間ニックはベランダの古い揺り椅子に座り、彼女のレッスンが終わるのを待っていた。終わるとすぐに、二人は川へ遊びに行ったのだった。

驚いたことに、古い揺り椅子はほかの二、三の籐製の家具と一緒に、ベランダから部屋の中へ移されていた。

チャーリーは矢のように駆けだし、スザンナが止めるのも聞かず、揺り椅子に座った。

「チャーリー、きっと埃だらけよ」

「ほうっておけよ、スザンナ」胸に迫る両親の思い出を受け止めながら、ニックは言った。「問題なく座っているじゃないか」

チャーリーは二人を見あげ、大きな瞳を輝かせてにっこり笑った。「ペンキを塗り直せば充分に使えるわ」

「そうだね」ニックも同意した。

「持って帰れるかしら？」チャーリーが問う。

「どうして?」

「だって必要な気がするんだもの」

涙で声がうわずるのが怖くて、スザンナは答えることができず、代わりにニックが答えた。「かまわないと思うよ。もともとうちのものだから。でも、誰かに頼んで届けてもらったほうがよさそうだ。誰か椅子を直せる人に」

「ああ、ニック。なんて優しいの。ほかには何があるかしら?」チャーリーは椅子から飛びあがった。

「ごく当たり前のものさ」ニックは答え、チャーリーが探索に出かける前にバンガローをざっと点検した。「寝室、キッチン、バスルーム、小さな裁縫室、母が使っていた居間、裏のポーチ」

「探検してきてもいい?」チャーリーにとって空っぽの家は、まさに未知の世界だった。

「行っておいで」ニックはチャーリーに許可を与えてから、黙ったままのスザンナを振り返った。「恐れるようなものは何もない」その言葉は、チャーリーとスザンナの二人に向けて言ったようでもあった。

「そうね、少しばかり服が汚れるくらいよ」チャーリーは大はしゃぎだった。「ずっと前、私がまだ小さいときに、ベルモントで屋根裏部屋に閉じこもったことがあるの。ママは何時間も私を捜せなかったのよ」

「思い出させないでちょうだい」スザンナは身震いした。彼女と父は心配のあまりどうにかなってしまいそうだったのだ。父は誘拐の可能性さえ口にした。そのときばかりはマーティンも、チャーリーの安否を心から気遣った。

「好奇心が旺盛（おうせい）なんだよ」ニックはスザンナを振り返り、たとえようのない笑みを浮かべた。「君だってアラジンの洞窟（どうくつ）みたいだと言っていた」

「あの子は本当にすばらしい子よ。けがれを知らない少女」スザンナはため息をついた。

「私もかつてはあんなふうだったのに」

「神に誓って言う、君は特別だったよ」ニックはスザンナに近寄り、彼女の体に腕をまわした。「今もそうさ」

「いつから歯車が狂いだしたのかしら？」言葉は無意識のうちにスザンナの口をついて出た。

昔ながらにニックの胸にそっと頭を預けると、スザンナの心臓は若馬のように勢いよく跳ねた。

ニックはこみあげる思いを隠そうともせず、彼女の反応を心から味わった。スザンナは再び僕の腕の中に帰ってきたのだ。

「君のお父さんが僕に対して憎しみをいだいたときからさ」ニックは答えた。「というより、僕に畏怖（いふ）の念をいだいたときから。僕が〝外国人〟だったことなど関係ない。君の言うとおり、スザンナ、君はいつも勝者のご褒美だった」

　スザンナは小さくうなずき、ため息をもらした。「父も最後は後悔していたわ」

「わかっているよ」ニックは静かに言った。「だが傷が癒えるまでには時間がかかるだろう。君を支配し続けるために、お父さんはもう少しで僕たちみんなを破滅に追いやるところだった。君とマーティンは不幸な結婚を強いられ、僕は成功したい一心で仕事に没頭した。その間に、僕たちは人生最高の何年かを逃してしまったんだ。僕の両親は生きて孫の顔を見ることはできなかった」

　スザンナは顔を上げ、あたりを見まわした。「どうして今見ていないと言いきれて？　お二人とも、心から神を信じていらっしゃったわ」

　確かにそのとおりだった。「僕はもう、何を信じればいいのかわからない」ニックは寂しげな表情をした。「僕にわかっているのは、僕たちの絆が一千年でも続くだろうということだけだ」彼はスザンナに顔を近づけ、そっと苛むようなキスをした。痛み、哀れみ、幻滅、二度と取り戻せない娘の幼き日々。

　まさにその瞬間、チャーリーが戻ってきて、抱き合う二人の姿を目撃した。青緑色の瞳は、明らかに不安のメッセージを発していた。「ママを愛しているのね、ニック？」しばしの沈黙のあと、少女は尋ねた。

　ニックはためらわなかった。「そうだよ、チャーリー。君がそれでかまわないなら、とてもうれしいんだが」

チャーリーはその場に立ったまま彼を見つめ、考えをまとめようと努めた。少女は、求めていた愛情を与えてくれなかった父を思い出した。「私のことも愛してくれる？」

「ああ、チャーリー！」スザンナはすすり泣きをもらし、やがてそれは笑いへと変わった。

ニックは娘のそばへ行って床に座り、真っすぐに瞳をのぞきこんだ。「チャーリー」彼は深みのある、感情のこもった声で話しかけた。「世界じゅうで誰よりも、君に僕の娘になってほしい。君以外、世界じゅうのどんな娘もいらない」

チャーリーは気を取り直したようだったが、母親の頬を伝う涙を見て、彼女の声も震えた。「本当ね、ニック？」

「おいで」ニックは少女の体を引き寄せ、強く抱きしめた。「これが証拠だよ、僕のいとしい娘」

興奮続きの一日のあとで、チャーリーは早々に夕食をすませ、ベッドに入った。ニックには山のようなファックスが待ち受けており、彼は予定を繰りあげて翌朝早くにシドニーへ発つことになった。

夜九時を過ぎてもニックはまだ書斎で電話とファックスの応対に追われていたので、スザンナは先にシャワーを浴びることにした。木蓮色のサテンのナイトガウンに身を包み、そろいのローブを羽織ってベルトをきつく締めてから、スザンナはニックの様子を見に行った。だが、書斎の電気は消えていた。

彼は二階のバルコニーにいた。両腕を手すりに突っ張り、空を見あげて、時を超えた星々の光に見入っている。頭上に輝く南十字星と、きらめく夢を編んだような天の川。美しい光景に、彼はすっかり心を奪われているらしかった。おそらく私の足音も聞こえまい、とスザンナは思った。しかし、彼女が声をかけようとした矢先、彼は目を夜空に向けたまま口を開いた。

「おいで。君を腕に抱きたい。今すぐ君が欲しい」

スザンナがそばに行くと、ニックは心持ち体をまわして腕を差しだし、彼女を抱き寄せた。

「なんてすてきな香りなんだ」ニックは彼女の髪に顔をうずめた。

「朝には発つんでしょう?」スザンナはきいた。くつろいでいた体が、彼を求めてざわつき始めた。

「ああ、仕方がない」ニックは彼女の頭の上に顎をのせた。「コンラッズ社は折に触れ一丸とならなければならないんだ」

「何時にここを出るの?」スザンナは体の力を抜き、ニックに体重を預けた。私は彼の力に、彼のエネルギーに支えられて生きている。彼女は実感した。

「六時ごろかな。チャーリーによろしく伝えてくれ。スザンナ、難しいかもしれないが、僕たちはできるだけ早く今の状況を打開しなければならない。あの子に真実を話さなければね。いくら小さくても、あの子には知る権利がある。さもなければ、この世で最も身近な人間に欺かれたと感じるだろう。つまり君と僕、あの子の両親に」

スザンナはしばらくして顔を上げた。「あなたがアドリエンヌになんと言ったか、一度も話してくれないのね」

ニックはスザンナの顔を両手で包んだ。「彼女には、スキャンダルをばらまくようなまねをすれば、惨憺たる結果が待ち受けているだろうと警告した。広告業界では、いい人脈を維持することが絶対だ。ビジネスの成功は彼女自身の努力のたまものだが、彼女とかかわると危険だという情報を流せば、彼女の会社はたちまち行きづまるだろう」

「でも、あなたは本当にそんなことをするの？」スザンナは疑わしそうに尋ねた。

彼は低く笑った。「僕だってときには非情になれる。愛する者が脅しを受けたとなれば黙ってはいない。今度ヴァレリーにきいてごらん。アドリエンヌが手紙を出さなかったことがわかるはずだよ」

「そう願いたいわ。ヴァレリーはもう充分に悲しみを味わったもの」

「僕もこの件にけりをつけたい。ちょっと座ろう」ニックはスザンナを籐のベンチへいざなった。「次の行動について計画を立てよう」ニックが一方の端に腰を下ろし、スザンナも椅子の上に脚を曲げて座ると、彼は素早く彼女の上体を自分の体の上に引き倒した。スザンナは、彼の上になかば寝そべる形になった。「このほうがいい」そう言って、彼はため息をついた。

「とても気まずい結果を招くかもしれないわ」スザンナはニックの顔を見あげた。「覚悟しておかなくては」

「だから話し合いをするんだろう?」ニックの声には揺るぎない自信が感じられた。「誤った行動からは正しい結果は得られない。チャーリーは自分の本当の父親を知るべきだ。僕たちはあの子に必要な愛情と支えをすべて与えてあげよう。少しでも物の道理がわかる人間なら、僕の母を知らなくても、チャーリーが僕に似ていることに気づき始めているはずだ。僕たちがつき合っていたことは、今も町じゅうの人々が覚えているからね」

ニックはいったん言葉を切り、さらに続けた。

「もちろん、またさまざまな噂(うわさ)が流れるだろう。だがそれも、いっときのことだ。僕は、みんな受け入れてくれるだろうと思っている。君もチャーリーも、みんなに愛されているからね。僕も地域への貢献を通じて、そうなるように努める」

「本当にそんなふうにうまくいくといいんだけど」

「そうなるようにしなくてはいけないんだよ、スザンナ。僕たち自身の努力で、成し遂げるんだ」ニックは熱っぽく訴えた。彼の片手は彼女の顎から喉もとを撫で、さらに肩を下って彼女の胸のふくらみを求めた。「僕は正しいことだけをしたい。間違ったことはもうたくさんだ。この件に関して、まだ何か異議があるかい？」

スザンナは意を決して言った。「過去の出来事の大部分に関して、あなたが心のどこかで私を責めていること。私も今なら、父に抵抗するべきだった、あなたのお母さんに話を聞いてもらうべきだったとわかるわ。私は自分の恐怖に打ち勝たなくてはいけなかったのよ」

「その話はもうすんだはずだ。僕たちは前へ進まなければ」ニックはスザンナの心臓が彼の愛撫を受けて躍りだすのを感じた。

「本当にできるかしら？」

「君は僕の命だ」ニックは夜の闇を思わせる漆黒の瞳で告げた。

「でも心のどこかで、私を少しだけ憎んでいないかしら？」スザンナはなおも食い下がった。今ここで何もかもはっきりさせたかった。

「憎しみの先にあるものは破滅だ」ニックは情熱にかげった瞳でうつろに笑い、温かいサテンの下に手を忍ばせて、彼女の素肌を探った。

彼の手の動きはスザンナの官能を絶妙に刺激した。胸の頂をふちどるような愛撫に、彼女のやわらかなつぼみはすぐに硬くなった。ローブが肩から滑り落ちても、スザンナは抵抗しなかった。

「あなたはチャーリーが生まれた夜を奪われたわ」少女のように繊細な声だった。「あなたの名前を叫ばないように、私は唇を噛んでこらえた。恐ろしい痛みが延々と続いて、最後にようやく、タオルに包まれたごく小さな命を胸に預けられた。その瞬間から、私はあの子に夢中になったのよ。でも、あたりを見まわしても、あなたはどこにもいなかった」

「やめないか」

「あの子が初めて言葉を口にしたときも、あなたはいなかったわ。あの子が初めての一歩を踏みだしたときも、その場にいてあの子を抱きとめることはできなかった。すべて私のせいだわ」

「いったい君は何が言いたいんだ?」ニックは彼女の体をやみくもに揺すぶりたくなる衝動をぐっと抑え、彼女の上体を起こした。

「そのことであなたが私を憎んでいないかどうか知りたいのよ」スザンナは挑むように答えたが、彼の手を振りほどこうとはしなかった。「慰めの嘘はつかないで」

「なるほど、それを言うなら、憎んでいるさ」ニックの声が険しくなった。「そして愛している。世界じゅうで君だけを。君への愛は特別だ。確かに僕は傷ついた。それでも君のために涙を流せないほど、僕が残酷だと思うかい？　ばかげた自己非難はやめるんだ、スザンナ。僕の怒りに火がつく前に。僕は、実質的にもう君の夫だと思っている。じきに誰の目にもそう映るようになるだろう。大きな決断を下すときには、必ず何か新しい問題が起こるものだ。肝心なのは解決法を見つけることだ」

「それで、あなたの言う解決法とは愛を交わすことなの？」

ニックは怒ったように笑った。「僕に言わせれば、君の体は僕のために作られたものだ。それとも、君はそうではないと言うのかい？」

「いいえ」いつもと同様、彼への愛情はスザンナを救った。この人ほど強烈な存在はほかにない。

ニックは乱暴とも言えるほどの激しさで彼女を抱き寄せると、椅子から立ちあがり、彼女を高く抱きあげた。寝室からもれる光を浴びて、ニックの大きな体は日輪のように燃えあがった。

スザンナはうっとりと彼を見つめた。骨はとけ、胸はふくらみ、血は蜜となった。「私たちには未来があるわ。すばらしい未来が」

「私はあなたのものよ、と言ってくれ」ニックが体の向きを変えると、明かりがスポットライトのようにスザンナの顔を照らしだした。

「愛しているわ」スザンナは互いの欲望が奔流のように流れだすのを感じながら、敬愛の念をこめて告げた。「すべての幸せはあなたしだいよ」

スザンナの告白を受けてニックは彼女の唇を奪い、彼女を官能の世界へといざなった。求められることの、なんというすばらしさ。今再び、二人の間にあの輝かしい欲望がよみがえった。

ニックは自信に満ちた態度でスザンナを軽々と寝室へ運び、開花を迎える花のごとく、ベッドの上に横たえた。

今ようやく、彼の未来は完全になった。スザンナと、彼と、チャーリー――三人の家族がつむぐ未来。


数日後、スザンナとチャーリーはクリスマスの買い物リストを手に町へ出かけた。いちばん喜んでもらえる贈り物は何か、二人でたっぷり時間をかけて話し合ったあと、いよいよそれを買いに行くのだ。店から店へと渡り歩きながら、スザンナはようやく本当の意味でクリスマス気分を味わいつつあった。買い物を終えた昼どきには、二人とも山ほど荷物を抱えていた。

町の小さなレストランで昼食をすませて家に帰り、十分もたたないうちに、一台の車が私道から近づいてきた。

「ニコルおばさんよ」チャーリーは廊下の中ほどで立ち止まり、母に報告した。「おばさんだけだわ。がっかり」

スザンナは慌てて階段を駆け下り、手すりを握りしめた。ヴァレリーから話を聞いたのだろうか。ニコルがそのことを話に来た可能性は大きい。だがチャーリーの前で話すわけにはいかない。

　ニコルは硬い表情をして玄関ホールに飛びこんできた。「こんにちは、チャーリー」彼女は少女に声をかけたが、いつものように肩や腕に触れようとはしなかった。「スザンナ、ちょっと話があるんだけど、かまわないかしら？」

「もちろんよ」スザンナは緊張した。「ひとり？　子供たちは？」

「車で待つように言ってあるわ」ニコルの目は濡れたように光り、頬は紅潮している。

「今日はいろいろと予定があるから、話は数分ですませるわ」

「よかった！　それじゃあ、外でおしゃべりしているわね」チャーリーは宣言して、うれしそうに家を飛びだした。

　スザンナの不安を察知し、ニコルは苦々しく告げた。「大丈夫よ、子供たちは知らないから。今のところはね」

　スザンナは片手で居間を示し、ニコルを促した。「ヴァレリーから聞いたのね」

「天地がひっくり返った気がしたわ」彼女の声には怒りとショックがにじんでいた。「スザンナ、よくもだましてくれたわね。あなたのことはずっと尊敬していたのに。美人で、性格もすばらしくて、子供たちもとてもなついていたのに」

「あなた方家族を傷つけてしまい、心から申し訳ないと思っているわ。でも、本当のことを告げるときが来てしまったの。チャーリーは知る必要があるし、ニックも父親になりたいと願っている。彼はすでにあの子を愛しているわ。そしてあの子も彼を愛している」

「私の子供たちはどうなるの？」ニコルは肘掛け椅子に腰を下ろした。「どんなにショックを受けることか。あの子たちにとって、チャーリーはいとこなのよ。ずっといとことして育ったのに、突然そうではないなんて。私はあの子のおばではないなんて。母なんか孫を失ったのよ。とにかくショックで、最悪だわ」

スザンナはうなずいた。「許してちょうだい、ニコル。私に言えるのはそれだけよ。すべては私の責任ですもの。でも望んでそうなったわけではないの、信じてちょうだい」

「あなたはマーティンをも望んでいなかったのよ」ニコルの目が涙でうるんだ。

「いい妻になろうと努力したわ。それは否定しないで」スザンナは静かに答えた。

ニコルは黙った。その点は彼女も認めざるをえない。彼女は椅子の端に座り直した。

「町のことはどうするの？」

スザンナはかぶりを振った。「町なんてどうでもいいわ。私が気にしているのは家族のことだけ。それと、チャーリーに話したとき、あの子がどういう反応を示すかよ」

「まったく、なんということかしら」ニコルは複雑にからみ合う結果について考えを巡らした。「あなたが大変だったのは知っているわ、スザンナ。マーティンとあなたのお父様が一緒になって悪事をはたらいたことも知っている。でもスザンナ、私はチャーリーを愛しているのよ！」

「当然だわ。あの子だってあなたを心から慕っているもの」スザンナは片手を伸ばし、ニコルの手を取った。「この件ですべてを台なしにしないで、ニコル。私たちはみんな一緒よ。あなたたちのことはずっと家族だと思ってきたし、今もそう思っている。チャーリーを切り捨てないで。あの子といとこたちの関係を壊さないで。お願いだから、子供たちに話すときは優しく話してあげてちょうだい。優しく、寛大に」

「どうして私が残酷にならなければならないの？」ニコルは息をのんだ。「私はただ、納得できないだけよ。母はずっと知っていたというのに」

「マーティンは、お母様にはなんでも打ち明けていたもの」スザンナは指摘した。

「私ったら、なんてばかだったのかしら。何も見えていなかったわ。チャーリーはあなたにそっくりだとずっと思ってきた。でも今は、ニックに似ていると思うわ。彼はいつ知ったの？」

「初めてあの子に会った瞬間」

「どんな反応だった？」

「予想していたよりはるかによかったわ。恐ろしい罪だったことは自覚しているのよ、ニコル。私だってずっと苦しんできたし、きっとこれからも苦しみは消えないわ」

ニコルは肩をすくめた。「みんなが恥をかいてもいいのなら、あなたの思いどおりにすればいいんだわ」

スザンナはきっぱりと否定した。「恥ではないわ、ニコル。チャーリーは私の誇りよ。ニックもそう。起こってしまったことはどうにもならないのよ」

「マーティンをアルコール依存症にしたくせに」ニコルは憤然として指摘した。

それがなかば事実と知りつつも、スザンナは否定しないではいられなかった。「それはマーティンの問題よ、ニコル。考えてみて。彼は自分で幸せになることを拒んだのよ。でも、私はもう一度チャンスが欲しいの」

「つまり、ニックと結婚するのね」

スザンナはうなずいた。「たぶん来年には。彼が町を追われなければ、私が周囲の圧力に負けていなければ、とっくにそうしていたわ」

ニコルはゆっくりと立ちあがった。「そうね。私だって、あなたたちは結ばれる運命だとずっと思っていたもの。この件に関しては、もう少し時間をちょうだい、スザンナ。なぜ人生はもっと単純であってくれないのかしらね?」

「それは、人間が単純ではないからよ」スザンナの心の傷から涙があふれた。「あなたが私にとって大切な存在だということを忘れないで。これまでずっとそうだった。これきりにしたくないの」

車の中で、チャーリーは必死にショックと混乱から立ち直ろうと努めていた。生まれて初めて、彼女はいとこたちに怒りをいだき、言い返してやりたいと願った。けれどもそのいとこたちは、もうチャーリーのいとこではないという。彼女はプライドをかけて涙をこらえた。

「私たちのママに言いつけちゃだめよ」ルーシーが口止めした。「本当は聞いてはいけない話だったんだから」

「そうよ、ママはきっとものすごく怒るわ」ローラが続けた。「おばあ様と二人だけで話していたんですもの。私たちがドアの外にいたことはママたちは知らなかったのよ。やっぱり、聞かなければよかった。ああ、チャーリー。あなたがいとこじゃないなら、私たちもう遊べないんだわ」

「私、あなたとなんか遊びたくない」ルーシーが言った。彼女自身の混乱の中から飛びだした言葉だった。チャーリーはずっといとこだったのに、急に他人になってしまった。マーティンおじさんの子供ではないなんて。とても買い物に行く気分ではないわ。ルーシーは彼女なりに傷つき、怒りを覚えていた。

ニコルが屋敷から出てきたとき、三人の子供たちは、心の中で不安が渦を巻いていたにもかかわらず、平静を装っていた。チャーリーは素早く車から飛びだし、ニコルにさよならを言いながらすれ違った。

どうすればいいの？　どこへ行けばいいの？　とにかくひとりでよく考えるのよ。ニックが私のパパだなんて。だから、世界じゅうで誰よりも私のことを娘にしたいなんて言ったんだわ。私が本当の娘だから。私のおばあ様はニックのお母様だったんだわ。ホワイトのおばあ様ではなく。

さまざまな思いが小さな頭に押し寄せた。

どうして誰も教えてくれなかったのかしら？　私がまだ子供だから、知らなくていいと思ったの？　いいえ、そんなはずはない。ママと私は、いつも大人の話をたくさんするもの。それじゃあなぜ、秘密にしていたの？　私のことを恥じているから？　いいえ、それも違う。きっとママが、〝パパ〟と呼んでいたあの人と結婚したことが関係しているに違いないわ。私を愛してくれなかったパパと。

チャーリーはすっかり混乱し、落ちこんだ。算数の問題が解けると、いつもすっきりする。この問題も、どこか安全なところへ行って、自分でしっかり考えて正解を見つけなければ、と彼女は思った。

チャーリーの不在にスザンナが気づいたのは、夕闇が迫りつつあるころだった。しだいにつのる不安を意識しつつ、彼女は娘の名を呼び、屋敷じゅうを捜しまわった。

ハンスが異変に気づき、手袋を脱ぎながら薔薇園から出てきた。「どうしたんだい、スザンナ？」

「チャーリーがどこにもいないの」スザンナは両手を握りしめた。「私が出かけたときには、部屋でDVDを見ていたのよ。ほんの一時間ばかり前のことなのに」

「屋敷の中は隅々まで捜したのかい？」ハンスは眉を寄せた。

「ええ、家にはいないわ」

「わかった。厩舎も含めて外を捜してみよう」彼は踵を返し、ただちに捜索隊を編成した。

「厩舎！　そうだわ」スザンナはひと筋の光明を見いだした。「もしかしたらそこかもしれない」とはいえ、チャーリーは黙って馬に乗るような子供ではない。

夜になっても、チャーリーの行方は依然としてつかめなかった。ニックは三度目の呼びだし音で電話口に出た。スザンナから知らせを聞くや、彼は愕然とした。

「何かあの子が動揺するような事件でも起こったのかい？」

「いいえ」否定したものの、繰り返し考えるうちに、スザンナは自信がなくなった。「今日、ニコルが来たわ。でも子供たちは知らないはずよ」

「子供というのはなんでも知っているものだ」ニックの声が険しくなった。「ハリスに連絡するんだ」

「もうしたわ」スザンナはなんとか気を確かに持とうと努めた。「町の人が総出で捜してくれている最中よ。ああ、ニック、早く来て」

彼はヘリコプターで駆けつけ、緊急対策本部が設置された屋敷の正面に着陸した。チャーリーがいなくなったという知らせは、人々の間に大きな不安を呼びおこした。ニック・コンラッズは金持ちだ。スザンナとチャーリーは彼の屋敷に住んでいる。チャーリーの行方がわからないことと二つの事実の間には、何か関連があるのだろうか？

ニックが家の中に入ると、スザンナがニコルを慰めていた。逆ではないのか？

「スザンナ？」

駆け寄った彼女を、ニックは愛情をこめて抱きしめた。スザンナは震えていた。「子供たちは知っていたんですって。たった今ニコルから聞いたの」

「それで、子供たちがチャーリーに話したのか？」ニックはうなだれているニコルに視線を向けた。彼女は普段より小さく見え、絶望に打ちひしがれているようだった。

「そうよ」スザンナは身を震わせた。「でもあの子、何も言わなかったの。ひと言もよ。どことなくぼんやりとした感じはあったけど。きっとクリスマスカードに何を書こうか考えているんだろうと思ったの。そういう子だから。あの子がＤＶＤを見始めたところで家を出てから戻るまでの一時間たらずの間の出来事よ。レディも連れていったわ」

「君に黙って？」ニックは驚いた。

「きっとそれだけの理由があったのよ」スザンナは言った。「ひとりになりたかったんだわ」

ニコルがそばへ来て説明しようとしたが、ニックは穏やかに制した。「バンガローは探してみたかい?」彼は指摘した。

「あなたのご両親の家?」スザンナはどきっとした。「どうかしら。きっとまだだと思うわ」

「それじゃあ、行ってみよう」急にひらめいた考えだった。「君の車は?」

「私のを使ってちょうだい」ニコルがすがるように言った。「キーをつけたまま私道に止めてあるから。チャーリーの身に何かあったら、私、一生自分を許さないわ。子供たちもよ」

車で私道を走る際にも、木立の間や牧場を捜索する人々の姿が見えた。地元の人々の心強い支えに、二人は言葉では表せないほど感謝した。

バンガローは完全な闇に包まれていた。影だけの世界。けれどもニックとスザンナがドアを押し開けて中へ入ると、チャーリーの悲鳴に続いて、「誰なの?」と叫ぶ声が聞こえた。それは二人の耳に、天使の声よりもすばらしく響いた。

「私よ」スザンナは大声で答え、椅子のほうへ歩いていった。「ママよ、チャーリー。ニックもいるわ。ああ、チャーリー、どこなの?」

ニックは懐中電灯をつけ、先へ進んだ。懐中電灯の明かりが、裏口付近に立っている娘の姿を浮かびあがらせた。「いい子だ、いい子だ」彼の心に計りしれない感謝の念がこみあげた。チャーリーの体に異変は見られない。「チャーリー、みんなどれほど心配したことか！」ニックは娘を抱きあげた。

「ごめんなさい」少女は彼の肩に頭をのせ、もう一度繰り返した。「本当にごめんなさい、パパ」


無事家に帰り着くと、ニックは町の人々に心から感謝した。

チャーリーはベッドの中で両親にすべてを打ち明けた。「ひとりでじっくり考えたかったの。レディを連れていくのはいけないとわかっていたけど。ママ、ごめんなさい。でも、どうしてもおじい様とおばあ様の家に行かなくちゃならなかったの。あそこがいちばんいいとわかっていたから。パパがなぜあそこを見せてくれたか、わかったわ」

「君がパパと呼んでくれて、すごくうれしいよ」ニックは娘の上にそっと身をかがめ、黒髪を撫でた。

チャーリーは父親を見あげてにっこりした。天使のような、子供らしく無垢(むく)な笑顔だった。

「ニックが私のパパになってくれたらいいのにと夢見ていたら、実現したわ。バンガローで、あんまり一生懸命考えたものだから、眠くなってそのまま床で寝てしまったの。目が覚めたら真っ暗だったわ。こんなに暗いところは初めてよ。ドアの隙間(すきま)から風も吹いてくるし。でも、全然怖くなかった。誰かとても優しい人が一緒にいてくれるような気がしたから。月夜じゃなかったから、レディに乗ってひとりで帰るのは危ないと思って、朝までいることにしたのよ」

「まあ、この子ったら」スザンナはささやくように言った。

「ごめんなさい、ママ。ものすごく心配した？」チャーリーは後悔の念に打たれているようだった。

「もちろんよ」スザンナは答えた。「お父さんに電話したら、ヘリコプターで飛んできてくれたのよ」

「本当？」チャーリーは目を見開いた。「今もここにあるの？」

「いや、だがいつでも乗せてあげるよ」

ニックはベッドの端から立ちあがり、スザンナの傍らに立った。

「それよりチャーリー、本当のことを聞いたとき、どんな感じがした？　僕とお母さんは、今度の週末に君に話そうと決めていたんだよ。こんな形になってしまって、本当に残念だが。君がいなくなったと聞いて、ルーシーとローラはものすごく心配したらしいよ。君のことを愛している、明日また会いたい、と言っていたそうだ」

「ああ、ルーシー、ローラ！　私、もう全然怒っていないわ。プレゼントを包むの、ルーシーとローラにも手伝ってもらっていいでしょう、ママ？」

「自分のもの以外はね。それじゃあ、終わりよければすべてよしってことね、チャーリー？」

スザンナがそう尋ねて娘の瞳をじっとのぞきこんだ。ニックはそんな彼女の腰に腕をまわし、そっと抱き寄せた。

チャーリーは幸せいっぱいの笑顔で答えた。

「今年はきっと最高のクリスマスになるわ！」

●本書は2002年7月に小社より刊行された『きみという名の魔法』を改題し、文庫化したものです。

あなたの子と言えなくて

2024年6月1日発行　第1刷

著　者　　マーガレット・ウェイ

訳　者　　槙　由子（まき　ゆうこ）

発行人　　鈴木幸辰

発行所　　株式会社ハーパーコリンズ・ジャパン
東京都千代田区大手町1-5-1
04-2951-2000（注文）
0570-008091（読者サービス係）

印刷・製本　中央精版印刷株式会社

Printed in Japan © K.K. HarperCollins Japan 2024 ISBN978-4-596-99288-8

ハーレクイン文庫

「悪魔に捧げられた花嫁」

ヘレン・ビアンチン／槙　由子　訳

兄の会社を救ってもらう条件として、美貌のギリシア系金融王リックから結婚を求められたリーサ。悩んだすえ応じるや、5年は離婚禁止と言われ、容赦なく唇を奪われた！

「秘密のまま別れて」

リン・グレアム／森島小百合　訳

ギリシア富豪クリストに突然捨てられ、せめて妊娠したと伝えたかったのに電話さえ拒まれたエリン。3年後、一人で双子を育てるエリンの働くホテルに、彼が現れた！

「孤独なフィアンセ」

キャロル・モーティマー／岸上つね子　訳

魅惑の社長ジャロッドに片想い中の受付係ブルック。実らぬ恋と思っていたのに、なぜか二人の婚約が報道され、彼の婚約者役を演じることに。二人の仲は急進展して――!?

「三つのお願い」

レベッカ・ウインターズ／吉田洋子　訳

苦学生のサマンサは清掃のアルバイト先で、実業家で大富豪のパーシアスと出逢う。彼は失態を演じた彼女に、昼間だけ彼の新妻を演じれば、夢を3つ叶えてやると言い…。

「無垢な公爵夫人」

シャンテル・ショー／森島小百合　訳

父が職場の銀行で横領を？　赦しを乞いにグレースが頭取の公爵ハビエルを訪ねると、1年間彼の妻になるならという条件を出された。彼女は純潔を捧げる覚悟を決めて…。

「この恋、絶体絶命！」

ダイアナ・パーマー／上木さよ子　訳

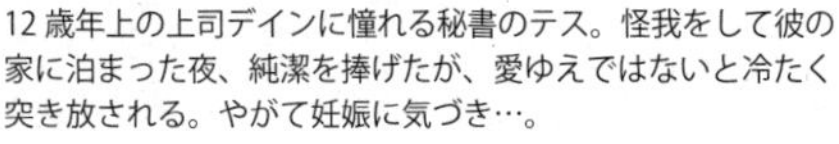

12歳年上の上司デインに憧れる秘書のテス。怪我をして彼の家に泊まった夜、純潔を捧げたが、愛ゆえではないと冷たく突き放される。やがて妊娠に気づき…。

ハーレクイン文庫

「恋に落ちたシチリア」

シャロン・ケンドリック／中野かれん　訳

エマは富豪ヴィンチェンツォと別居後、妊娠に気づき、密かに息子を産み育ててきたが、生活は困窮していた。養育費のため離婚を申し出ると、息子の存在に驚愕した夫は…。

「愛にほころぶ花」

シャロン・サラ／平江まゆみ他　訳

癒やしの作家S・サラの豪華短編集！　秘密の息子がつなぐ、8年越しの再会シークレットベビー物語と、奥手なヒロインと女性にもてる実業家ヒーローがすれ違う恋物語！

「天使を抱いた夜」

ジェニー・ルーカス／みずきみずこ　訳

幼い妹のため、巨万の富と引き換えに不埒なシークの甥に嫁ぐ覚悟を決めたタムシン。しかし冷酷だが美しいスペイン大富豪マルコスに誘拐され、彼と偽装結婚するはめに！

「少しだけ回り道」

ベティ・ニールズ／原田美知子　訳

病身の父を世話しに実家へ戻った看護師ユージェニー。偶然出会ったオランダ人医師アデリクに片思いするが、後日、彼専属の看護師になってほしいと言われて、驚く。

「世継ぎを宿した身分違いの花嫁」

サラ・モーガン／片山真紀　訳

大公カスペルに給仕することになったウエイトレスのホリー。彼に誘惑され純潔を捧げた直後、冷たくされた。やがて世継ぎを宿したとわかると、大公は愛なき結婚を強いて…。

「誘惑の千一夜」

リン・グレアム／霜月　桂　訳

家族を貧困から救うため、冷徹な皇太子ラシッドとの愛なき結婚に応じたポリー。しきたりに縛られながらも次第に夫に惹かれてゆくが、愛人がいると聞いて失意のどん底へ。